OLIVER FLESCH

Baby, das war's!

EIN
HAUPTSTADTROMAN

D1727462

1. Auflage August 2013
Titelbild von Julia Herzsprung Photography, Berlin
Typografie von Agnieszka Szuba

©opyright 2011-2013 by Oliver Flesch
Lektorat: Franziska Köhler

ISBN: 978-3-939239-20-8

Hat Dir das Buch gefallen? Schreib Deine Meinung an
gelesen@ubooks.de

Möchtest Du über Neuheiten bei Ubooks informiert bleiben?
Einfach eine Email mit Deiner Postadresse an:
katalog@ubooks.de

Ubooks-Verlag I U-line UG (haftungsbeschränkt)
Neudorf 6 I 64756 Mossautal

www.ubooks.de
www.ubooksshop.de

Inhaltsverzeichnis

Für Jennifer, Alison, Philippa, Sue, Deborah,
Anabel, too (I wrote this song for you).

Die Leserinnen & Leser meines Blogs
«Wahre Männer».
Ohne Euch wäre dieses Buch nie erschienen.

Meine beiden großen Jungs, Joey & Joel, meinen
Bruder, meine Bros Tarik & Kai

Für Odette – meine Freundin, meine Frau.

Und für meine Mama, die einst sagte: «Du schreibst
nur noch über Schweinkram!»

«Nimm deine Schuhe mit, wenn du gehst.
Und deine Zweifel auch.»
Gisbert zu Knyphausen

Introduktion

Wäre meine Schreibe ein Mädchen, käme es aus Berlin-Kreuzberg oder der Hamburger Schanze; es wäre auf eine natürliche Art wunderschön, nicht ohne einen kleinen Makel zu haben, vielleicht eine kecke Lücke zwischen den Schneidezähnen oder einen klitzekleinen Silberblick.

Es wäre schlau, klug sogar, es wüsste über das Leben Bescheid, ohne jemals eine Universität von innen gesehen zu haben. Lachen würde es viel und herzhaft, natürlich nur an den richtigen Stellen. Hätte ich mal kein Geld in der Tasche, würde es ohne Murren bezahlen. Was nicht bedeutet, dass es nicht auch mal richtig schick ausgeführt werden möchte. Nähme ich mit ihr Drogen, wüsste es, wann die Party vorbei ist. Es würde keine Szene machen, wenn ich wieder einmal kein Ende finden konnte; eher mich in den Arm nehmen und einen Satz sagen wie: «Baby, dein Herz rast so sehr, das macht mir Angst.»

Morgens im Bad bräuchte es nur halb so lang wie ich. Es hätte kein Problem damit, vor mir zu pissen, wenn ich mich gerade rasiere. Im Bett wäre es ein böses Mädchen, eines, das sich mir mit Haut und Haaren hingibt, dem Sätze wie «Nimm dir, was du willst und gib mir, was ich brauche!» locker über die Lippen kommen, eines, das willens und in der Lage ist, auch mich mal hart ranzunehmen, wenn ich mal keine Lust habe, den Starken zu markieren.

Manchmal, aber nur manchmal, wäre es ein bisschen traurig, weil es so unfair zugeht da draußen in der Welt. Und natürlich besitzt es eine kleine Sammlung vollkommen zerkratzter Schallplatten, die es sich beim Schlendern über sonntägliche Flohmärkte besorgt hat. Nein, die Mixtapes aus all den Jahren hätte es nicht aufgehoben; zwar ist ihr das Wort ein Begriff, aber es ist einfach viel zu jung, um ein Kassettenmädchen zu sein.

Es täte mir nie weh, es könnte, aber es würde nicht; es stünde stets zu mir, ganz egal, was auch passierte. Doch würde ich das Mädchen, das wäre wie meine Schreibe, enttäuschen, wäre es verloren. Es würde den Glauben an die Liebe verlieren. Für eine lange Zeit. Vielleicht für immer ...

Lisa

1. Wie alles begann

Dicke Regentropfen peitschen rhythmisch auf das Kopfsteinpflaster. Im fahlen Schein der Straßenlaternen wohnt den nassen Pflastersteinen eine anmutige Schönheit inne, ähnlich dem zarten Schweißfilm auf dem Gesicht einer sexuell erregten Frau.

Nee, Moment mal! Ich fange neu an. Nicht, dass ihr denkt, ich hätte mir beim Einstieg besondere Mühe gegeben. Soll doch alles schön locker klingen. Nicht wie bei Günter Grass, der mal einen Preis der «Initiative Deutsche Sprache» für den schönsten ersten Satz bekam: «Ilsebill salzte nach.» Keine Angst, Freunde, wir verstehen uns, ich finde den Satz auch scheiße. Aber ich schweife ab. Die Wahrheit ist – und ich möchte in diesem Buch stets bei der Wahrheit, bei meiner Wahrheit, bleiben –, es regnete gar nicht und selbst wenn, wäre ich nicht nass geworden. Also, zweiter Versuch:

Der Titel «Baby, das war's!» führt in die Irre. Ich bin nicht in der Position, diesen Satz zu sagen. Bei den wirklich guten Frauen war ich's nie, wollte es nie sein. Warum auch? Warum sollte ich mich von einer wirklich guten Frau trennen wollen? Nein, Freunde, diesen Satz sagten sie zu mir.

Sie sagten ihn einmal, zweimal, dreimal ... Gott, ich habe keine Ahnung, wie oft ich diesen Satz hörte, wie oft ich um sie kämpfte, sie mir zurückholte, bis sie dann letztendlich die Kraft hatten, mich mit «Baby, das war's! Nee, du, echt jetzt mal!» endgültig abzuschießen.

Noch vor einigen Wochen ging ich jedes Wochenende aus, doch das letzte Mal war ein Desaster. Ich traf ein Mädchen, dem ich ums Verrecken nicht begegnen wollte, schon gar nicht mit ihrem neuen Freund. Ein Mädchen, das mir einst sagte, ich wäre die Liebe ihres Lebens.

Ein Mädchen namens Lisa.

Die nächsten siebenundsiebzig Stunden vegetierte ich allein in meinem kargen Zimmer. Der Plan war, so lange zu schlafen, bis der Liebeskummer, den ich glaubte, längst überwunden zu haben, nicht mehr allzu heftig schmerzte. Aber mein Plan ging nicht auf. Auf Pfennigabsätzen tanzte Lisa in meinen Träumen Rock 'n' Roll auf meinem offenen Herzen.

War ich wach, starrte ich an die Decke und fragte mich, wie es so weit kommen konnte. Mit mir, mit ihr, mit uns. Eine wirklich befriedigende Antwort bekam ich nicht. Den Rest der Zeit verbrachte ich damit, im Netz zum zweiten Mal alle Staffeln von *Stromberg* und *How I Met Your Mother* zu gucken, allerdings erstmals, ohne dabei auch nur eine Miene zu verziehen.

Seit der Trennung von Lisa fühlte sich meine Seele an, als sei sie mit HIV infiziert. Mein erster Blogbeitrag war eine Ode an die Frau, mit der ich fünf Jahre zusammen war, eine Ode, mit der ich sie zurückgewinnen wollte. Reiner Schwachsinn. Wie sollten ein paar Zeilen erreichen, was unzählige Briefe zuvor nicht geschafft hatten? Doch die Hoffnung stirbt bekanntlich zuletzt, und so haute ich ordentlich auf den Putz. Aber lest doch einfach selbst:

Es ist …

Es ist ihr Geruch, den ich vermisse, ihr wahrer Geruch, nicht der aufgesprühte. Den konnte ich mir nie merken, wechselte auch ständig. Obwohl der auch, klar, immer lecker war. Aber den konnte man in einem Geschäft kaufen, und damit zählt er nicht. Denn die besten Dinge im Leben sind bekanntlich nach wie vor frei erhältlich.

Was ich meine, ist ihr ganz eigener Geruch, nach dem Aufwachen im Spe-

ziellen. Wenn sie sich in seltenen Momenten noch einmal an mich schmieg-te, ihren Arm um meine Schulter schlang, ihren Kopf behutsam auf meine Brust legte.

Die abgetragene Cordjacke meines Vaters hing noch Jahre nach seinem Tod neben der Kellertür im Haus meiner Mutter. Und jedes Mal, wenn ich an ihr vorbeiging, musste ich dran riechen. Es war wie ein Zwang. Wohli-ge Wehmut überkam mich dabei. Die Jacke schenkte mir Erinnerungen an meine Kindheit, meine Jugend. An meinen Papa. Irgendwann war die Jacke weg. Einfach weg.

Ich vermisse sie noch heute.

Bis vor Kurzem besaß ich noch ein getragenes Shirt von ihr, an dem ich nicht ein Mal gerochen habe. Ich wollte, ich wollte so gern, aber ich konnte nicht. Zu groß war die Angst vor der Erinnerung.

Es ist ihr Anblick, den ich vermisse. Meist schlief sie vor mir ein, was mir dann die Gelegenheit gab, sie noch einen Moment zu beobachten. Manch-mal zuckten ihre Mundwinkel, manchmal lachte sie leise, und manchmal – und das war wahrlich am zauberhaftesten – sprach sie im Schlaf. Unzu-sammenhängendes Zeug ohne Sinn und Verstand.

Es ist ihre Schönheit, die ich vermisse. Nein, nicht die Schönheit, die Män-nern auf den ersten Blick in die gierigen Augen schießt. Die war auch nicht zu verachten, um Gottes willen, auch ich bin bloß ein Mann, - und wenn es einer zu schätzen wusste, dass man sich nach ihr den Hals verrenkte, dann war ich das. Aber was ich noch viel mehr vermisse, ist die Schönheit ihrer Seele. Das klingt ungriffig und lässt sich auch nicht erklären. Um sich am Leuchtfeuer ihres Wesens wärmen zu können, muss man sie kennen, so wie ich sie kannte.

Und man sollte es nicht für möglich halten, aber ich vermisse sogar ihre Zickigkeit, ihre Wankelmütigkeit, ihre Unreife, ihr Desinteresse an Dingen, die nicht so ganz unwichtig sind. Ja, all das, was mich zur Weißglut treiben konnte, vermisse ich.

Vor allem aber ist es ihre Liebe, die ich vermisse. Die Liebe, die sie in ein paar magischen Momenten meines Lebens nur mir schenkte.

«Ich hatte immer das Gefühl, ich würde dich mehr lieben als du mich, daran bin ich kaputtgegangen», sagte sie in unserem letzten Gespräch.

Sie hat mich «mehr geliebt als ich sie»? Oh, welch ein Irrtum!

Wer sich an eine falsche Vorstellung gewöhnt, dem wird jeder Irrtum willkommen sein, das wusste schon Goethe. Dass man sich aus dem Irrtum wie erquickt wieder zum Wahren hinwendet, allerdings auch.

Ihr seht: Ich zog alle Register, Goethe und so, aber es nützte nichts. Vermutlich las sie es noch nicht einmal. Doch dafür lasen es ein paar andere Mädchen, die es ganz hinreißend fanden. Eine ungeplante, aber äußerst willkommene Begleiterscheinung meiner Mission Impossible.

Ein paar Tage waren seitdem vergangen und es ging mir mit Lisa inzwischen ein bisschen so wie im letzten Sommer mit den rotschwarzen Knubberkirschen im Garten. Die dicke Knubberkirsche ist meine Lieblingsfrucht, doch seit ein paar Jahren darf ich sie nicht mehr essen. Sie rufen eine Art allergische Reaktion bei mir hervor. Ich vermisse das Gefühl, wie ihr köstlicher Saft in meinem Mund explodiert, wenn ich in sie beiße. Einige Male stand ich im letzten Juli am Fenster und sah den Kindern aus der Nachbarschaft beim Kirschenklauen zu. Manchmal überkam mich dabei Wehmut, manchmal Freude – diese strahlenden Kindergesichter erklärten mir wieder einmal die Schönheit des Lebens. Ich schaue mir diese prächtigen Früchte noch immer gern an, wie sie voller Anmut am Baum hängen und «Na, nun pflück mich doch endlich!» zu schreien scheinen.

Aber wie gesagt: Riechen, fühlen, schmecken kann ich sie nicht mehr.

«Das Gute ist, wenn du weg bist, muss ich keine Angst mehr haben, dass du gehst ...», sang Michy Reincke einst und da ist was dran.

Diese Erkenntnis hilft aber nicht immer.

Dann hilft nur noch Funny van Dannen: «Wenn dein Licht nicht mehr in meine Welt fällt, muss ich wahrscheinlich weinen. Wenn dein Licht nicht mehr in meine Welt fällt, muss die Sonne stärker scheinen.»

Die Sonne musste stärker scheinen, mehr war es eigentlich gar nicht. Seitdem ich das begriffen habe, gibt es Tage, an denen ich sogar schon wieder lächeln kann.

Nur die Nächte waren nach wie vor schwer zu ertragen, denn in denen holte Lisa mich. Nacht für Nacht. Manchmal liebten wir uns und hatte ich Glück, träumte ich den gesamten Akt bis zum dem Moment, in dem sie selig lächelnd, ihr süßes Köpfchen an meine Brust gelegt, einschlief. Doch dann wache ich auf. Tja, und das ist ein Gefühl, als hätte ein Beinamputierter gerade davon geträumt, den New York-Marathon zu gewinnen.

Im Vergleich zu den Träumen, in denen sie es mit anderen tut, ist das allerdings ein Spaziergang. Denn wache ich aus denen auf, wird mir ruckzuck bewusst: Scheiße, das war ja gar kein Traum, das ist die Realität. Und dann geht die Sonne, die doch gerade erst aufging, erst mal wieder unter.

Letzte Nacht träumte ich wieder schlecht. Wieder von ihr, aber diesmal nichts Körperliches. Im Traum rief sie mich an, sagte, sie hätte noch mal über alles nachgedacht und auch wenn ich ein schreckliches Arschloch wäre, wäre ich doch immerhin das zauberhafteste Arschloch der Welt, und ob wir uns nicht mal treffen wollten, erst mal einfach nur so.

Maschinengewehrsalven geladen mit Endorphinmunition durchlöcherten meinen gesamten Körper. Blöd war nur, dass ich im Traum bereits ein neues Mädchen hatte, von dem Lisa nichts wusste. Blöd war auch, dass ich diesem Mädchen eine eindeutige SMS mit Namen und Schweinereien und allem Drum und Dran schickte, weil ich dieses Mädchen, solange Lisa nicht wirklich zurückkam, nicht verlieren wollte. Und dass ich Schussel die SMS nicht an das Mädchen, sondern an Lisa schickte, die mich daraufhin erneut anrief und sagte: «Baby, das war's! Nun aber ein für alle Mal!»

Und dann wachte ich auf.

Und dann klingelte mein Mobiltelefon tatsächlich.

2. Das Blind-Date zu dritt

Es war nicht Lisa, die mich weckte. Es war überhaupt kein Mädchen, sondern irgendein Typ, der sich verwählt hatte.

Man sagt, Frauen, die eine Veränderung in ihrem Leben symbolisieren wollen, gehen zum Friseur. Ich gehe weiter, ich gehe nach Berlin. Nachdem ich quasi mein ganzes Leben in meiner Heimatstadt verbracht habe, wird es Zeit für eine wirkliche Veränderung. Obwohl ich Hamburg liebe, fällt mir der Abschied nicht schwer. Wir haben uns in all den Jahren auseinandergelebt. Sicher, Hamburg gilt als schönste Großstadt Deutschlands, aber das ist genauso, als wenn du jahrelang mit einem Supermodel zusammen bist: Irgendwann kommt der Zeitpunkt, an dem dich ihre makellose Schönheit langweilt, weil du sie in- und auswendig kennst. Und dann ist der Moment erreicht, an dem du dich nach einer tätowierten Schlampe sehnst. Berlin also.

In den letzten Tagen in Hamburg war Lisa überall. Seit Monaten hatte ich sie nicht gesehen, und jetzt ist sie überall. Hätte ich all ihre Spuren in meiner Wohnung verwischen können, was ich nicht übers Herz gebracht hatte, hätte das auch nichts genützt. Da ist ihr Foto an den Küchentürrahmen gepinnt, ein bisschen gewellt schon. Das Foto, auf dem sie so glücklich aussieht, das ich damals, im letzten Sommer, im Stadtpark geschossen hatte.

Mein weißes Oberhemd, das sie zum Schlafen trug, lag noch immer auf ihrer Seite in unserem Bett. Ach Gott, wie erbärmlich bei Licht betrachtet. Dinge, die sie vergaß, oder die ich, als sie ihre Sachen abholte, versteckte, um ein paar Erinnerungen zu behalten. Mädchendinge. Eine CD von Amy Winehouse, eine DVD, *Walk The Line* mit Joaquin Phoenix. Was fand sie nur an diesem Vogel mit der Hasenscharte?

Sie ist überall und sie ist vor allem in meinem Kopf. So präsent, als wäre sie tatsächlich hier. Ich höre ihre bezaubernde Stimme, ihr herzhaftes Lachen, ihr lustvolles Stöhnen. In manchen Momenten sehnte ich mich nach einem magischen Knopf, auf den ich drücken könnte, um sie für immer aus meinem Hirn zu löschen, aber dann verfluchte ich mich für diesen Gedanken und wollte einfach nur, dass sie mich in den Arm nahm und sagte, dass alles wieder gut würde.

So lebte ich gerade in der Zwischenzeit, also der Zeit zwischen zwei Beziehungen. Keine gute Zeit, war sie nie, ist sie nicht, wird sie nie sein. Denn wie so viele Männer fiel auch ich mit der Trennung wieder einmal aus allen Wolken – «Wie? Schluss? Lief doch alles blendend!» – in ein abgrundtiefes Loch. Und während sich Lisa bereits mit dem Nächsten vergnügte, dachte ich an sie und an diese kaum zu ertragende Endgültigkeit. Wir werden nie wieder im Sommer auf meinem Roller durch Hamburg fahren. Ihre kleinen Hände werden dabei nie wieder meinen Bauch ganz fest umschließen, mir die Luft abdrücken, während ich rasant in eine Kurve fahre, und ihr Rock wird dabei auch nie wieder im Wind wehen.

Weil ich meine eigene Larmoyanz nicht mehr länger ertrug, beschloss ich, gleich in der nächsten Woche umzuziehen. Eine neue Stadt, und dann auch noch die aufregendste Europas, täte mir gut, ganz ohne Zweifel. Eine Wohnung hatte ich zwar noch nicht, doch von solchen Nebensächlichkeiten wollte ich mich nicht aufhalten lassen. Und tatsächlich: Ein paar Tage später packte ich die wichtigsten Dinge zusammen, setzte mich in meinen Opel Corsa, den mir meine Mutter vermacht hatte, und fuhr los. Die Idee war, mal hier, mal da zu schlafen und mir in aller Ruhe eine Wohnung zu suchen.

Der Juni ist ein guter Monat, um nach Berlin zu ziehen. Ich quartierte mich erstmal bei meinem alten Freund Rocko, den ich noch aus Hamburg kannte, in Treptow ein. Doch Liebeskummer kennt keine Ortsschilder. Klar, die frischen Eindrücke lenkten mich ein wenig ab, aber sobald ich mit mir allein war, kam das widerspenstige Biest zurück.

«Wenn dein Licht nicht mehr in meine Welt fällt, muss die Sonne stärker scheinen ...», klingt es noch immer weise aus meinem iPod. Berlins Lieblingsliedermacher Funny van Dannen läuft bei mir in Heavy Rotation. Wahrscheinlich weil er übers Leben und die Liebe so gut Bescheid weiß. Die Sonne brennt mir ins Gesicht, der Schweiß läuft mir den Rücken hinab, es sind bestimmt dreißig Grad, und ich hatte schon mal bessere Ideen, als am frühen Nachmittag im Juni um den Treptower Park im Osten Berlins zu joggen. Doch ich musste einfach mal raus, auf andere Gedanken kommen.

Nee, ich merk schon: Joggen bringt mich heute echt nicht weiter. Eh schrecklich Neunziger, diese sinnentleerte Rumrennerei. Rocko hat heute früh Feierabend und wer, wenn nicht er, könnte es schaffen, mich auf andere Gedanken zu bringen? Seine fast schon pathologisch gute Laune könnte heute genau die richtige Medizin für mich sein.

Blöd nur, dass ich meinen Schlüssel in seiner Wohnung vergaß, er aber auf mein Klingeln nicht reagiert. Da ich gerade noch mit ihm telefoniert habe, weiß ich, dass Rocko zu Hause ist. Na endlich, der Vorhang in seinem Schlafzimmerfenster im dritten Stock bewegt sich, ein paar Sekunden später ertönt der Summer.

Kaum oben angekommen winkt er mich hektisch hinein.

«Ist dir draußen irgendetwas Merkwürdiges aufgefallen?», fragt er mich grußlos.

«Was soll mir denn aufgefallen sein, Mann? Hallo erstmal!»

«Ja, hallo, hallo, schön dich zu sehen! Ja, also, ich hab dir doch von dieser Stalkerin erzählt. Ich befürchte, dass die irgendwo da draußen auf mich lauert.»

Zehn Minuten später hat Rocko die angebliche Stalkerin auch schon wieder vergessen und erzählt mir die neusten Anekdoten aus seinem Musikerleben. Fleisch ist mein Gemüse auf Speed. Ronny ist ein notorischer Übertreiber und Schwindler. Er schwindelt nicht aus Böswilligkeit, nicht weil er ein so uninteressanter Mensch wäre, der es nötig hätte, seine Geschichten bis zur totalen Unglaubwürdigkeit zu pimpen.

Ganz im Gegenteil sogar: Rocko ist ein äußerst interessanter Mensch. Er ist klug, gebildet, lustig, nicht schlecht aussehend und eben Musiker, Berufsmusiker sogar. Er hat alles, was ein Mann haben sollte, und noch ein bisschen mehr. Warum schwindelt er also ständig? Ich habe keine Ahnung. Selbst nach fünfzehn Jahren enger Freundschaft nicht.

Wir sitzen jetzt auf seinem Balkon, trinken Eisgekühltes und für ein paar Minuten gelingt es Rockos absurden Geschichten, mich von meiner Misere abzulenken. Ja, mehr noch, mindestens fünf Minuten lang habe ich noch nicht einmal an Lisa gedacht. Unfassbar! Und sehr wohltuend. Doch irgendwann kommen wir auf das Thema zurück. Rocko sagt Sätze wie: «Ey, die hat dich doch gar nicht verdient. Die wird sich noch umgucken!»

Dieses ganze Blabla halt, von dem Freunde glauben, es würde den Schmerz lindern, was es, wenn man wie ich nicht daran glaubt, nicht tut.

Als Rocko das merkt, zaubert er eine Frau, von der ich noch nie zuvor gehört habe, aus dem Hut. Nicht irgendeine. Die Frau. Genauer gesagt, die Frau, die ich unbedingt kennenlernen müsse, da sie wie keine Zweite zu mir passen würde!

Das hört sich nicht schlecht an. Saugut sogar, doch erst einmal glaube ich ihm kein Wort. Die Frau wird es schon geben, schließlich sind Rockos Geschichten selten komplett ausgedacht. Irgendetwas stimmt meist. Nur was? Erstmals ist mein Ehrgeiz geweckt, dem Wahrheitsgehalt einer Rocko-Story auf die Spur zu kommen.

«Ronny, wie kommste überhaupt drauf, dass Marie (so heißt sie laut Ronny) und ich so perfekt zusammenpassen würden?»

«Weißte noch, unseren letzten WM-Sieg? Sie kennt die komplette deutsche Fußballnationalmannschaft auswendig. Nicht nur die ersten elf, alle dreiundzwanzig, inklusive Günter Hermann, der keine ...»

«... Sekunde lang gespielt hat, ja, ja, ich weiß, aber das kickt mich so gar nicht.»

«Wieso? Du liebst doch Fußball!»

«Ja, aber Frauen, die sich damit auskennen, machen mir Angst. Noch was?»

«Aber sicher. Sie sagt Sätze wie: Es gibt Momente in meinem Lieblingsfilm Copland, in denen alle Traurigkeit dieser Welt in das Gesicht von Silvester Stallone gemeißelt zu sein scheint. Dass er dafür keinen Oscar bekommen hat, gehört zu den ganz großen Ungerechtigkeiten dieser Welt.»

«Das hat sie gesagt? Echt? Nicht schlecht, nicht schlecht. Wie ist ihr Musikgeschmack? Hat sie überhaupt einen?»

«Und was für einen! Sie hört zum Beispiel Northern Soul, 77er-Punkrock und deutschen Hip-Hop aus der Zeit vor Bushido, also Dendemann, Blumentopf und so.»

«Yeah. Komm, sag mir noch eine Sache und ich bin dein Mann beziehungsweise ihr Mann.»

«Sie steht auf Verschwörungstheorien.»

«Ah ja? Hat sie eigene? Oder plappert sie nur die Altbekannten nach?»

«Hat sie, hat sie.»

«Raus damit.»

«Wie wär's damit: Kurt Cobain wurde von der Holzfällerhemdmafia umgelegt.»

«Die Holzfällerhemdmafia? Wusste gar nicht, dass es die gibt. Sei's drum. Was hat die mit Kurts Tod zu tun? Die hätte ihm doch eigentlich die Füße küssen müssen ...»

«Eben nicht. Was glaubst du, wie lange dieser Grungetrend noch angehalten hätte?»

«Ja, und?»

«Mensch, schnallst du das nicht? Der Holzfällerhemdmafia sind die Stammkunden weggebrochen. Die hart arbeitenden Rednecks in den Südstaaten wollten nicht genauso wie die rumhängenden Slacker in Seattle aussehen und fingen an, Jeanshemden von Levi's und Lee zu kaufen.»

Holzfällerhemdmafia. Das klingt schon mal gut. Reicht nur noch nicht. Innere Werte, gemeinsame Interessen waren ja gut und schön, doch die perfekte Frau muss mir auch optisch gefallen. Um auch ja keine Missverständnisse aufkommen zu lassen, frage ich daher ganz platt: «Wie viele Punkte würdest du ihrem Gesicht auf 'ner Skala von eins bis zehn geben?»

«Elf mit Sternchen», kommt sauschnell aus der Hüfte.

Wow!

Selbst wenn er sich um vier Punkte geirrt haben sollte, ist sie immer noch eine Sieben. Und eine Sieben ist vollkommen okay.

Und doch: Verkuppeln? Und dann auch noch ein Blind Date? Also ohne sich vorher auf Facebook oder so wenigstens ein bisschen abgecheckt zu haben? Das hat irgendwie einen ranzigen Touch. Aber egal, nichts riecht ranziger als die gottverdammte Zwischenzeit, in der ich mich befinde, und so schlage ich nach einigem Hin und Her ein.

Die Planung übernimmt Rocko. Wenn schon ein Blind Date, dann aber auch das volle Programm. Rocko entscheidet sich für das Tiki Heart in der Wiener Straße in Kreuzberg. Eine gute Wahl. Nicht zu hip, nicht zu abgefuckt und um 22 Uhr auch noch nicht zu voll.

Es ist Samstagabend. Ich bin ein bisschen aufgeregt. Die Erfahrung lehrte mich, dass ich mich erst wieder neu verlieben muss, um auch wirklich über eine Ex hinwegzukommen. Keine Ahnung, ob ich mich in eine Frau verlieben kann, die ich bei einem Blind Date kennenlerne, schließlich hatte ich noch nie eines, aber einen Versuch ist es allemal wert, und sollte Rockos Beschreibung auch nur im Ansatz stimmen, könnte es ein feiner Abend werden.

Um eine Rose im Knopfloch als Erkennungsmerkmal bin ich herumgekommen. Rocko meinte, so gut, wie er mich beschrieben hätte, würde sie mich sogar unter zweiundzwanzig Zwillingsbrüdern erkennen.

«Bist du Oliver, der Freund von Rocko?»

«Äh, Marie?» Das war der erste Moment, an dem ich Ronny hätte umbringen können. Als Marie mir zur Begrüßung nachdrücklich locker in den Bauch pikst, eine Sache, die ich besonders mag, sehe ich sie zuerst gar nicht. Ich bin zwar kein Riese oder so, sie dagegen, nun ja, sie, sie ... also ich kürze das Ganze mal ab: Sie geht mir bis zum Bauchnabel, gut, vielleicht bis zur Brust. Na, und? Da war ja immer noch ihr Gesicht, die versprochene Elf mit Sternchen, oder?

Nicht wirklich. Marie ist wahrlich keine Elf und überhaupt nicht mein Typ, aber

ich beschließe, das Beste daraus zu machen. Trinken und gute Gespräche führen, das muss mit Marie ja wohl möglich sein! Irgendetwas an Rockos Geschichte muss doch stimmen, oder?

Nicht unbedingt. Günter Hermann kennt sie gar nicht, Stallone nur als Rambo, den sie selbstverständlich nicht gesehen hat, Musik hört sie alles, «was so im Radio läuft», und die einzige Verschwörungstheorie, die sie mit viel Wohlwollen halbwegs kennt, ist die über JFK.

Nun ja. Ich bin sowieso die meiste Zeit abgelenkt. Wir sitzen am Tresen und in der Ecke gleich neben dem Eingang steht eine Frau, die auf irgendetwas oder irgendjemanden zu warten scheint. Nichts auf der Welt wünsche ich mir in diesem Moment mehr, als dass diese Frau Marie wäre. Sie ist genau mein Fall. Scheiße, aber so was von!

Vielleicht bilde ich's mir ja ein, aber ich habe den Eindruck, dieses Wunderwesen beobachtet uns. Ich lächle sie an, doch sie runzelt nur die Stirn und schaut schnell woanders hin.

Kein Wunder, was soll sie auch von einem Typen halten, der mit dieser glatten Zwei hier seine Samstagnacht verbringt? Ich muss aus dieser Nummer raus, und zwar dringend. Nur wie? Mir fällt nichts ein.

Verdammt!

Und dann mache ich etwas, was alles andere als mannhaft ist, etwas, was mich noch Monate später peinlich berühren wird. Ich gehe. Nicht einfach so, aber fast ...

«Du, ich hab ganz kurz etwas drüben im Wild at Heart zu tun, bin in spätestens fünf Minuten wieder da, okay?»

Ja, das ist schäbig, ich weiß. Sagt ja auch niemand, dass ich deswegen kein derb schlechtes Gewissen hätte. Meine Wut ist allerdings noch größer als mein schlechtes Gewissen. Ich bin so gottverdammt wütend auf mich, weil ich Rocko geglaubt habe, und auf Rocko natürlich auch. Na, dem werde ich was erzählen! Ich setze mich ins nächste Taxi und fahre zu ihm.

«Mensch, Olli, ist nicht so wirklich gut gelaufen, hm? Na, komm schnell rein, ich glaub, die Stalkerin ist schon wieder irgendwo da draußen.»

«Ach, jetzt hör doch mal endlich mit dieser Stalkerinnenscheiße auf, Mann! Sag mir lieber, was du dir dabei gedacht hast?»

«Wobei genau?»

«Jetzt tu doch nicht noch so, du weißt ganz genau, wovon ich spreche.»

Und dann kommt wieder einmal ein echter Rocko:

«Pass auf, Diggie, die Frau, die du getroffen hast, das war gar nicht Marie.»

«Was?!»

«Nun warte doch mal. Marie hat mich eben angerufen. Setz dich erstmal hin, ich erklär es dir.»

Jetzt verstehe ich überhaupt nichts mehr. Ich setze mich hin, Rocko gießt mir einen Kurzen ein. Noch einen, bitte.

«Also: Die Frau, mit der du dich getroffen hast, war Eva, Maries beste Freundin. Marie hat im letzten Moment kalte Füße bekommen und Eva vorgeschickt, um dich erstmal abzuchecken ...»

«Das ist jetzt nicht dein Ernst?!»

«Aber voll. Du kennst doch Frauen, bei denen musst du mit allem rechnen.»

«Und wo war Marie zu der Zeit bitteschön?»

«Auch im Laden. Sie hat euch aus sicherer Entfernung beobachtet.»

«Warte, warte, warte! Jetzt sag nicht ...»

Ich beschreibe Rocko das Wunderwesen. Die Frau, von der ich mir so gewünscht hatte, sie wäre Marie ...

«Das ist sie. Das ist Marie.»

Diese Geschichte klingt so unglaubwürdig, dass sie einfach stimmen muss.

«Mensch Ronny, das ist ja 'n Ding. Und jetzt?»

«Was und jetzt?»

«Wann kann ich mich mit Marie treffen?»

«Das kannste vergessen, komplett vergessen. Hast du echt geglaubt, dass die sich nach der Arschlochnummer, die du mit ihrer besten Freundin abgezogen hast, noch mit dir treffen will?»

Ich weiß nicht, ob Rockos Geschichte stimmt, ob das Wunderwesen wirklich Marie ist. Nur eines weiß ich: Sollte sie es gewesen sein, hätte ich sie saugern kennengelernt. Aber nach meinem Fehler muss die Suche nach einer Medizin gegen Liebeskummer, die Suche nach der wahren Liebe, woanders weitergehen.

3. Sie rockt nicht mehr

Es war irgendwann in der Nacht von Donnerstag auf Freitag, als ich meine letzte Zigarette ausdrückte. Aufmerksame Leser wissen, was das bedeutet: Das Glück, dieses scheue Etwas, hat sich wieder einmal in meinem Leben blicken lassen. Es kam plötzlich und überraschend, es steht noch auf wackeligen Beinen, wie ein neugeborenes Fohlen, und vielleicht ist es nächste Woche schon wieder verschwunden, wer weiß das schon ...

So begann ich vor gut drei Wochen meine letzte autobiografische Blog-Geschichte. Ich schrieb sie nicht zu Ende. Es war noch zu früh, irgendetwas Nachhaltiges würde passieren, das spürte ich. Deshalb wartete ich ab. Bis heute.

In einem früheren Blogbeitrag skizzierte ich ein Wiedersehen mit einer Frau, auf die ich nach einem Jahr Trennung zufällig traf. Diese Geschichte war eine sich selbst erfüllende Prophezeiung, ausgedacht zwar, doch ein paar Tage später traf ich Lisa tatsächlich wieder.

Eines Morgens, rein äußerlich ein ganz normaler Dienstag, erreichte mich eine merkwürdige Freundesanfrage. Eine Frau, ganz neu bei Facebook, ohne Foto, ohne Freunde, Alter und Wohnort wie Lisa, Single (Yeah!), Name - man soll es nicht für möglich halten – Lisa.

Die Frage war: Was wollte sie so plötzlich von mir?! Wir waren bereits etwas mehr als ein Jahr getrennt, und seit meinem Blogpost mit dem Titel «10 Dinge, die ich mit ihrem neuen Freund gemeinsam habe», der nur aus der Überschrift bestand, hatte ich nichts mehr von ihr gehört.

Aufgeregt, hektisch durch die Wohnung laufend und mir eine Kippe an der nächsten anzündend besprach ich die Sache am Telefon mit Rocko. Er ist ein hoffnungsloser Romantiker und deshalb, und nur deshalb, der Einzige aus meinem Umfeld, der nicht gleich die Hände über dem Kopf zusammenschlug, als ich ihren Namen erwähnte. Rocko mahnte jedoch zur Vorsicht: Ich solle mich bloß nicht zu früh freuen, wer wisse denn schon, was Lisa auf einmal wieder von mir wollte.

Selbstverständlich hörte ich nicht auf ihn. Ja, aber wieso denn auch? Hatte ich es nicht wieder einmal allen gezeigt und sie mir nach genau einem Jahr zurückgeholt? Was für eine Meisterleistung! Von mir loskommen? Vergesst es einfach, versucht es gar nicht erst, klappt eh nicht. So dachte ich, damals, vor gut drei Wochen. Ein bisschen zu früh gefreut?

Ach, was!

Nun musste ich sie aber erstmal kontaktieren. Ich simste, ich mailte, ich machte im Garten ein Feuer, Rauchzeichen, ihr wisst schon, aber nichts, keine Reaktion. Abends, wenn es dunkel wird, werden auch die Gedanken dunkler, und da plötzlich, ganz plötzlich, erwischte mich die Erkenntnis, dass die Freundesanfrage vielleicht gar nicht von *meiner* Lisa kam.

Ein Anruf holte mich am nächsten Morgen aus einem unruhigen Schlaf.

«Lisa hier ...»

Also doch! Jetzt cool bleiben: «Ich weiß.»

«Woher?»

Humor zeigen: «Weil ich mir deine Nummer auf die Innenseite meines Unterarmes tätowieren lies.»

«Lustig. Ja, ich wollte dir auch nur sagen, dass ich es war, die dir die Freundesanfrage geschickt hat.»

Nicht fragen, warum, es als selbstverständlich hinnehmen:

«Okay.»

«Nun gut.»

Scheiße! Nicht so einfach gehen lassen: «Lisa?»

«Ja?»

«Sehen wir uns wieder?»

«Wo wir nun mal in der gleichen Stadt wohnen, werden wir uns bestimmt mal über den Weg laufen.»

«Das meine ich nicht und du weißt das. Wie wär's, wenn wir etwas Trinken gehen würden? Wie wär's mit nächstem Donnerstag?»

«Wohnst du schon in Berlin?»

Sie hat nicht «nein» gesagt, was bei ihr so viel wie «ja» bedeutet.

«Mehr oder weniger. Bin aber die Tage in Hamburg, um meinen endgültigen Umzug zu organisieren, und nächsten Freitag treffe ich mich mit dem Produzenten, der mein Buch verfilmen will, in Mitte, Donnerstag würde also gut passen.»

«Na, wir können ja noch mal telefonieren.»

«Machen wir, bis bald, Lisa.»

Ich hatte kaum aufgelegt, da öffnete sich ein Chatfenster mit ihrem Namen. Nach ein paar Belanglosigkeiten gestand sie mir, dass sie in letzter Zeit öfter an unsere gemeinsame Zeit denken musste, und sie fragte, wann genau ich nach Berlin kam. Das klang alles sehr vielversprechend. Den ersten kleinen Dämpfer bekam ich, als sie mir ihr neues Schlafzimmer beschrieb: «Es hat eine Lapdancebühne.»

Eine Lapdancebühne ... Lapdance ist doch auf dem Schoß, nicht an der Stange, oder? Wie auch immer, die Vorstellung, dass sie für einen anderen Mann als mich einen Stangentanz hinlegte, ließ mich beinahe kotzen.

Nur beinahe, denn, auch wenn wir noch nicht explizit darüber sprachen, Lisa war inzwischen wieder solo, da war ich mir ziemlich sicher, sonst würde sie sich wohl kaum mit mir treffen wollen ... oder etwa doch?

Aber sicher! Na klar, war sie noch mit ihrem Typen zusammen! Spätestens jetzt war der Zeitpunkt gekommen, mich von ihr zu verabschieden und ihr ein schönes Leben zu wünschen, doch dafür war es bereits zu spät, ich war wieder angefixt, ach was, ich war verloren.

«Bist du glücklich?», fragte ich sie, obwohl ich mir sicher war, die Antwort zu kennen.

«Ach, Glück, was ist schon Glück?», fragte sie im Tonfall einer vom Leben arg Gebeutelten.

«Wir verstehen uns gut. Aber das ist doch jetzt auch egal, oder?»

Eigentlich nicht, Lisa, eigentlich nicht, dachte ich, behielt es aber für mich.

«Oder heißt das, du willst dich nicht mit mir treffen?»

Natürlich treffen wir uns, Dummerchen, ich kann nicht anders, aber ich werde dich ein bisschen zappeln lassen: «Es ist ein Schock, Lisa, ein wahrhaftiger Schock, lass mich einen Moment darüber nachdenken.»

«Okay ...»

«Schieß den Typen in den Wind, ansonsten fahr zur Hölle, Baby», würde Frank Sinatra an meiner Stelle sagen. Gut, der lebt ja nun auch nicht mehr.

Ein paar Minuten später klingelt mein Handy. Es war Lisa. «So, genug überlegt, treffen wir uns?»

«Klar treffen wir uns.»

Ach, was bin ich für eine Memme. Frank würde sich im Grab umdrehen.

Eigentlich hatten wir keine Chance. Das sah auch der Rest der Welt so. Egal, mit wem ich darüber sprach, alle meinten, ich solle dieser Frau das Kreuz entgegenhalten. Aber selbstverständlich hörte ich nicht hin. Was wussten die schon? Einen Scheißdreck.

Obwohl ...

Vielleicht wussten sie sogar viel mehr als ich. Schließlich sahen sie die ganze Sache weitaus klarer. Und zudem hatten sie die ganze Scheiße bereits einmal miterlebt, damals, im letzten Sommer:

Lisa war gerade mit Nummer zwei nach mir zusammen, einem totalen Spießer, der so gar nicht zu ihr passte. Anfangs versuchte sie, mir diesen Deppen als Traumtypen zu verkaufen, doch schon nach zwei Monaten war sie aufgewacht und meldete sich wieder bei mir. Ganz zaghaft am Anfang, dann immer öfter und eines Nachts rief sie weinend von irgendeinem Rock-Festival an und bat mich, sie abzuholen, da sie diesen schrecklichen Spießer nicht mehr ertragen könne. Mitten auf einem Dreh (ich realisierte zu der Zeit Doku-Soaps fürs Privatfernsehen) und ein paar Hundert Kilometer entfernt war mir das nicht möglich, aber ich sagte ihr, sie solle noch ein paar Tage durchhalten, schließlich sähen wir uns ja bald und alles würde wieder gut.

Tja, das Problem war nur, dass sie einen Tag später ihren jetzigen Typen kennenlernte. Und das war es dann für mich. Einfach so. Sie sagte unsere Verabredung noch nicht einmal ab, sie meldete sich einfach nicht mehr. Es war ziemlich bitter damals, aber ich war mir absolut sicher, dass sie so eine Nummer kein zweites Mal mit mir abziehen würde. Nie wieder würde sie so leichtfertig mit meinen Gefühlen spielen. Diesmal musste sie es sich genau überlegt haben, schließlich ist sie doch kein Unmensch, keine Magda Goebbels oder so.

Am Abend schickte mir Lisa einen Song. Eines dieser Lieder, von denen man in solchen Augenblicken glauben möchte, es sei für einen selbst geschrieben worden. Lisa sah es ebenso, das Lied würde unsere Geschichte erzählen, meinte sie.

Es handelt von zwei verlorenen Seelen, die einst ein Paar waren, viel falsch machen, sich trennen, nach den richtigen Dingen suchen, die falschen finden, wieder zusammenkommen, und nun, aber klar, alles richtig machen wollen. Das klingt alles ziemlich simpel, zugegeben, ist aber in so unfassbar schöne Zeilen gekleidet, dass es mich zu Tränen rührte. *We* hieß der Song, Volbeat die Band. Das Lied rockte, womit auch Lisa rockte.

Zeilen wie ...

We're broken and damned but together.
We'll find a way. And no longer shall hell await.
We will seek all the light in the day, cause forever our love will breathe

... verschickt man nicht einfach so.

Ich konnte mein Glück kaum fassen. Unser Wiedersehen rückte immer näher, und irgendwie rechnete ich täglich damit, aus meinem Traum aufzuwachen.

Doch wider Erwarten sagte sie nicht ab. Ganz im Gegenteil: Aus einer Verabredung zum Essen an einem Donnerstagabend war inzwischen ein verlängertes Wochenende geworden. Die ganze Sache wurde zusehends sonderbarer. Wir verabredeten uns in einem thailändischen Restaurant irgendwo in Kreuzberg. Ich war ein paar Minuten vor ihr da. Ziemlich aufgeregt setzte ich mich an einen Tisch in der Tiefe des Raumes.

Und dann kam sie ...

Vorher schon verloren, war ich es nun vollends. Sie sah wahrlich reizend aus. Die Sonnenbankbesuche hatte sie klugerweise aufgegeben, was ihrer Haut einen edel schimmernden Elfenbeintouch gab und ihre riesigen, schwarz getuschten Augen und ihre vollen, dunkelrot geschminkten Lippen noch besser zur Geltung brachte. Ihre prächtigen Brüste schienen unter dem eng anliegenden schwarzen Pullover nochmals gewachsen zu sein.

Obwohl es erst ein paar Wochen her ist, kann ich nicht mehr sagen, wie wir uns begrüßten, ob wir uns dabei auf den Mund küssten und all das. Die erste halbe Stunde erlebte ich wie in Trance, es kam mir alles so irreal vor. War sie es wirklich? Saß sie mir tatsächlich gegenüber?

Und obwohl sie mir sagte, ebenfalls furchtbar aufgeregt zu sein, schien sie mit der ganzen Situation souveräner umgehen zu können.

Ein Königreich für eine Zigarette!

Ich könne ruhig rausgehen und eine rauchen, meinte Lisa, die dieses überflüssige Laster aufgegeben hatte, kurz bevor wir uns damals getrennt hatten.

Ob ihr Freund rauchen würde, fragte ich.

«Wie ein Schlot», antwortete sie, und ich beschloss, mein letztes Päckchen in dieser Nacht aufzurauchen und dann nie wieder eine Zigarette anzurühren.

Nach einem wirklich leckeren Essen ohne Geschmacksverstärker gingen wir um die Ecke in die Haifischbar.

Dank ordentlich Alkohol lösten sich unsere Verkrampfungen und wir tauten endlich auf. Fragt mich nicht nach Einzelheiten, es war intensiv, das erinnere ich noch. Wir lachten und weinten, drückten und küssten uns, und der Barmann spielte merkwürdigerweise alten Ska, unsere Musik also.

Ursprünglich sollte ich in meiner neuen Wohnung schlafen, sie in ihrer, so war es abgemacht. Was Frauen im Vorfeld nicht immer alles so erzählen. Letztendlich gingen wir zu mir. Es lief allerdings nichts, da wir vollkommen betrunken aneinandergekuschelt einschliefen. Ich möchte euch nicht mit einer chronologischen Nacherzählung der darauf folgenden vier Tage langweilen, deshalb nun ein paar Glanzlichter:

Am nächsten Abend taten wir etwas ganz Böses und schliefen bei ihr. Also dort, wo sonst ihr Freund mit ihr schlief. Aber, und das ist auch wieder so herrlich typisch Frau, im Gästebett. Ja, ja, ein wenig Anstand sollte schon gewahrt werden. Wohl auch deshalb schliefen wir nicht miteinander.

«Du bist so schön schlank», sagte sie und streichelte über meinen flachen Bauch. Tja, dass Männer, die im Gesicht tätowiert sind, eine Kiste Bier einem durchtrainierten Sixpack vorziehen, hätte ich dir gleich sagen können, dachte ich, behielt es aber aus taktischen Gründen für mich.

Ihr Blick sagte: «Komm, fass mich an», und ich fasste sie an. Und sie fasste mich an.

Ich hätte sie auch gern gefickt, aber da war nichts zu machen.

«Deinem Freund kann es egal sein, könnte er uns jetzt sehen, würde er schreien vor Schmerz ...», versuchte ich ihr mit Logik zu kommen. «Oder glaubst du, er würde denken: Gott sei Dank besorgt sie es ihm nur mit der Hand. Gott sei Dank hat er nur ein paar Finger und nicht seinen Schwanz in ihrer Muschi?»

Doch mit Logik war ihr nicht beizukommen.

Wir machten nichts Besonderes in diesen vier Tagen und genau das war das Besondere. Es lag ein Zauber in den Alltäglichkeiten, die wir unternahmen, suggerierten sie uns doch ein ganz normales Zusammensein und ab und an blitzten dabei sogar fast magische Momente beiläufiger Schönheit auf.

Ausgehen war nicht drin, man hätte uns sehen können. Also gingen wir viel spazieren, einmal durch den Treptower Park, vorbei an den spektakulären Mahnmalen des Kommunismus, und manchmal blieben wir stehen, schauten uns an, lächelten und küssten uns.

Nach vier Tagen kam dann der Abschied an einem menschenleeren Busbahnhof in einem unaufgeregten Berliner Stadtteil.

Sie stieg ein, ich murmelte irgendeine Abschiedsfloskel, drehte ihr den Rücken zu und ging, einfach so. Ich drehte mich nicht um, zu groß war die Angst, dass sie mir nicht hinterherschaute, doch dann wirbelte ich doch herum, und sie schaute, sie schaute so lieb und drückte ihre linke Hand an die Scheibe, als ob sie mich noch einmal berühren wollte. Ein paar Stunden später, im Zug nach München, wo ich einen Dreh hatte, erreichte mich ihre SMS: «Es war wunderschön ...»

Die nächste Woche verlief so lala. Meine Ungeduld wuchs, ich fragte mich, wann zum Teufel sie sich endlich dazu aufraffen würde, ihren Typen abzuschießen. Aber Lisa hatte die Ruhe weg: «Ich hab mich ja nicht mit ihm gestritten oder so», sagte sie eines Abends.

Als wir uns trafen, war er gerade nicht in Berlin, was ich nicht wusste, da ich das meiste, was mit ihm zu tun hatte, nicht hinterfragte. Ich dachte: «Mensch, die sehen sich ja kaum, das kann ja nix Dolles sein.» War es wohl auch nicht, und doch, als er wieder in Berlin war, sahen sie sich Abend für Abend. Lisa schlief bei ihm; bei, nicht mit, wie sie mir versicherte. Ob ich ihr das abkaufte? Aber selbstverständlich.

Eine Woche später sahen wir uns in der Nähe von Hamburg wieder. Es war Valentinstag und sie machte mir ein paar wirklich schöne Geschenke: Bücher von Hermann Hesse und Gabriel Garcia Márquez, mit Widmungen und Herzchen hier und dort, wie man das halt so macht, wenn man verliebt ist, alles sehr rührend.

Wir verbrachten den frühen Abend redend und Wein trinkend in dem Restaurant eines Provinzbahnhofs. Es war ein fantastischer Tag und ich hatte das Gefühl, dass wir uns noch viel näher als beim ersten Mal gekommen waren. Ihr schien es ähnlich gegangen zu sein, denn im Laufe der Nacht schickte sie mir eine SMS nach der anderen, mal sehr liebevoll, mal äußerst anzüglich.

Es war also nur noch eine Frage der Zeit, bis wir endgültig wieder zusammenkamen, zumindest hätte ich das schwören können. Doch die Woche darauf verlief wieder nicht so gut. Lisa schien sich von mir zu entfernen und ich wusste nicht, warum.

Was passiert sei, fragte ich. Sie könne so nicht weitermachen, meinte Lisa, sie würde diese ganzen Lügen nicht mehr ertragen. Sie bat um eine kurze Auszeit, bis sie mit ihrem Freund Schluss gemacht hätte, dann könnten wir neu anfangen. Eigentlich ja ganz löblich. Aber als ich am Wochenende nichts von ihr hörte, wusste ich, fragt mich nicht wieso, ich wusste es einfach, dass die Sache mit mir und Lisa wieder einmal vorbei war.

Als ich Montagmittag immer noch nichts gehört hatte, schrieb ich ihr: «Und Lisa, wie sieht's aus?»

«Geht so, ich hab mich getrennt, das ist mir auf den Magen geschlagen.» Eine weitere Lüge, auch das wusste ich. Und dann lief es aus, ich weiß gar nicht mehr genau wie, ich könnte bei Skype nachschauen, aber wen interessiert das denn nun noch?

Und dann kam mein letztes Wochenende in Hamburg. Einmal wollte ich noch ausgehen. Gegen Mittag schrieb mir Lisa, dass sie auch in der Stadt sei und in ein paar Läden wolle, in die ich auch manchmal gehe.

Na, und?

Ich war durch mit dem Thema.

Die blöde Fotze - ja, ich schreibe ganz bewusst die blöde Fotze, weil sie genau das für mich ist -, also, die blöde Fotze hatte mich, ob gewollt oder ungewollt spielt keine Rolle, zum zweiten Mal innerhalb eines halben Jahres verarscht, und damit hatte sie sich katapultartig aus meinem Herzen geschossen.

Die kann mir nicht mehr gefährlich werden, da war ich mir wieder einmal absolut sicher. Doch dummerweise trank ich an dem Abend eine ganze Menge Rotwein, und als sie dann plötzlich vor mir stand, war all der schöne Hass dahin.

Es waren ja auch noch ein paar Fragen offen, Fragen, auf die sie mir bis dato keine befriedigende Antwort geben konnte oder wollte.

«Warum, Lisa warum hast du mich nicht einfach in Ruhe gelassen?»

«Ich hab dich vermisst und ich dachte, wir könnten es schaffen.»

«Warum hast du dann so früh aufgegeben?»

«Ich hab's versucht. Ich hab's wirklich versucht. Aber ich komm einfach nicht über das hinweg, was du mir damals angetan hast.»

Hach, wie dramatisch, hach, wie herzzerreißend! Tränen kullerten über ihre Bäckchen, so wie sie es immer tun, wenn Lisa versucht, einer Lüge Glaubwürdigkeit zu verleihen.

Sie hat es nicht wirklich versucht. Ein paar Augenblicke lang vielleicht, ja, aber als es brenzlig wurde, als es galt, etwas für uns zu tun, gab sie auf, so wie sie es immer tut, wenn irgendetwas in ihrem Leben schwierig wird.

Aber das allein war es nicht, dafür kenne ich sie zu gut. Ich wusste, dass ihr irgendjemand dazwischengekommen sein musste, so wie damals, im letzten Sommer. Wer genau interessierte mich dann doch noch, deshalb provozierte ich sie ein wenig: «Und nun, Lisa? Wie geht's weiter? Alle drei Monate einen neuen Typen durchziehen, einen, dem du nicht treu sein kannst, weil du ihn nicht liebst?»

«Nein, ich werde heiraten.»

Die Absurdität dieses Satzes versetzte mich keineswegs in Erstaunen, ich verstand sofort, und meinetwegen hätte sie ihren Mund nun auf ewig halten können, aber sie plapperte immer weiter: «Du wirst mich dafür hassen.»

Ich hörte schon gar nicht mehr richtig hin. Sie war so weit weg, ihre Worte erreichten mich nicht mehr. Mit diesem Mann, den sie angeblich heiraten will, war sie vor einigen Jahren schon einmal zusammen. Nur für ein paar Monate zwar, aber er soll, neben mir, die große Liebe gewesen sein. Ich wage das zu bezweifeln. Unter anderem weil sie sich seinerzeit mit mir traf, als sie noch mit ihm zusammen war. Doch davon weiß sie heute nichts mehr. Auch mit ihren Erinnerungen hält sie es wie Pipi Langstrumpf und macht sich die Welt, wie sie ihr gefällt.

Ich beneidete sie darum. Das letzte Jahr war mein beruflich erfolgreichstes bislang. Ich produzierte ein paar TV-Shows, konzipierte ein Magazin, schrieb ein Buch, Teile eines Drehbuchs und für ein paar Zeitschriften, verdiente so viel Geld wie nie zuvor. Doch dann kam diese Nacht im letzten November, diese Nacht, in der ich sie zum ersten Mal mit dem Gesichtstätowierten sah, diese Nacht, in der ich meinen Glauben an die wahre Liebe verlor.

Als ich Rocko von meiner Begegnung mit Lisa erzählte, unterbrach der mich: «Moment mal, nur damit ich das auf die Kette kriege: Lisa hatte vor knapp zwei Wochen noch einen Freund, dann beginnt sie was mit dir, muss aber relativ zeitnah was mit dem dritten Mann gehabt haben, da man sich ja nicht von einer auf die andere Stunde entschließt, jemanden zu heiraten.»

«Das ist wohl so», erwiderte ich.

«Aber das ist doch total absurd.»

«Habe nie etwas anderes behauptet, mein Freund.»

Das mit Lisa und diesem Typen wird nicht funktionieren. Sie wird wiederkommen, irgendwann, da bin ich mir sicher. So wie sie es bislang immer tat. Aber dann, und da bin ich mir ebenso sicher, werde ich nicht mehr da sein, nicht mehr für sie. Ansonsten müsste ich, um es mit Stromberg zu sagen: «Den Arsch so weit aufhaben, dass ich da mit 'nem Siebentonner reinfahren könnte!»

Es dauerte einige Monate, bis sich mein Hass in Gleichgültigkeit verwandelte. Was auch gut war. Hass bringt dich nicht voran. Er ist ein ewig gestriger. Zudem war mein Hass auf Lisa auch nicht ganz fair, schließlich war ich es, der die Beziehung auf dem Gewissen hatte.

Kurz nachdem wir zusammengekommen waren, wurde ich unsicher, ob Lisa die Richtige wäre, und ich schrieb meiner Ex, die ich irgendwie noch liebte, einen Brief. Die klassische Warmhaltenummer: Lieb dich noch, unsere Zeit kommt wieder, die Sache mit Lisa ist eigentlich ein Witz, Lisa ist eigentlich ein Witz.

Starker Tobak, den ich bereits ein paar Wochen später komplett anders sah. Doch gerade als ich mir absolut sicher war, dass Lisa perfekt war, las Lisa zufällig den Brief. Dass sie darauf nicht gleich Schluss machte, rechnete ich ihr hoch an. Doch ihr Vertrauen war dahin und es kam auch nie zurück. Das war unser Grundproblem.

Juliette

4. Wo ist sie hin, die Teenagerliebe? Befürchte, sie liegt auf der Intensivstation ...

«Du musst mir Zeit geben.»

«Ich kann mich nicht so schnell fallen lassen.»

«Es wird Monate dauern, bis ich sage, ich hab dich lieb.»

«Ich liebe dich werde ich vielleicht nie sagen.»

«Ich habe einfach schon so viel Scheiße erlebt, verstehst du?»

Oh, wie oft habe ich diese Sätze schon gehört und das von fast jedem Mädchen. Mein Verhältnis zu diesen Sätzen ist zwiegespalten. Einerseits tun mir die Mädchen leid. Gerade mal Mitte zwanzig und «schon so viel Scheiße erlebt»? Das ist wahrlich bitter.

Doch nachdem mir diese Mädchen in der Regel bereits nach zwei Wochen intensivem Miteinander ihre Liebe bekunden, nehme ich sie nicht mehr Ernst. Besser, ich halte mich für so einen heftigen Typen, der die Herzen kaputter Mädchen im Handumdrehen wieder zusammensetzen kann.

Gierig stürze ich mich in jede neue Liebe und hinterfrage nichts. Habe ich mich erst einmal verliebt, stellen sich auch keine Fragen mehr. Klar passt die zu mir, sonst hätte ich mich wohl kaum in sie verliebt. Das ist meine Einstellung.

Es ist eine gute Einstellung. Sie ermöglicht es mir, diese ersten rosaroten Monate im Glauben, sie vergingen nie, genießen zu können.

Oh, Gott, was für ein wundervoller Zauber liegt in dieser ersten Zeit. Doch nun befürchte ich, genauso wie die Mädchen geworden zu sein, denen schon so viel Scheiße passiert ist.

Ich habe Angst, dass der Zauber bei mir nicht mehr wirkt.

Früher reichte es, wenn sie hübsch und gut im Bett war und dazu noch ein paar Sätze unfallfrei herausbekam. Heute darf's ein bisschen mehr sein. Ach, was heißt darf, es muss.

Das ist ja auch in Ordnung. Aber meine Ansprüche sind inzwischen so himmelhoch, welche Frau soll die erfüllen?

Denn ich will sie zurück, die Teenagerliebe, diese unbeschwerte Liebe. Aber die Teenagerliebe ist ein glitschiges Luder und verdammt schwer zu fassen.

Einigen wird es bereits aufgefallen sein: Ich mag schöne Menschen, schöne Frauen im Besonderen.

«Darauf kommt es überhaupt nicht an, Schönheit verblüht», sagte meine Mutter stets, und sie wusste bei Gott, wovon sie sprach. Ach, was bin ich doch schon wieder uncharmant, und das bei der eigenen Mutter. Na ja, sie kann's ja eh nicht mehr lesen.

«Mama», erwiderte ich, «ich bin's, dein Sohn, ich bin so ein Typ, ich bekomm Mädchen, die sowohl schön, lieb als auch klug sind! Ist dir das noch nicht aufgefallen?»

«Nein», antwortete sie trocken. Meine Mutter war eigentlich immer Kontra. Hatte ich eine neue Freundin, spielte sich immer die gleiche Szene ab. Stolz wie mein kleiner Sohn Joey nach seinem ersten Fallrückzieher-Tor ging ich mit einem Foto in der Hand zu meiner Ma.

«Guck mal, meine neue Freundin, ist die nicht voll hübsch?»

Ihre Antwort, und zwar immer:

«Also die letzte fand ich schöner.»

Und dann wahlweise:

«Die hat ja so einen kleinen Kopf.»

«Die hat ja so einen negroiden Kiefer.»

«Die hat ja so eng zusammenstehende Augen.»

Der Logik nach müsste ich also inzwischen mit der schönsten Frau der Welt zusammen gewesen sein.

Doch zurück zum Thema: schöne Frauen. Ich bin ein Kick-Junkie. Ich brauche immer heftigere Kicks. Meine Frauen müssen also immer schöner werden. Und da ich selbst nicht unbedingt George Clooney bin, mache ich mir das Leben damit nicht unbedingt leichter. Gott sei Dank muss ich irgendetwas an mir haben, was gewisse schöne Frauen anzieht. Keine Ahnung, was das sein soll, aber es ist so.

Doch schön allein reicht nicht. Natürlich nicht. Klug, klar. Lieb, lustig, logisch. Versaut, verdammt, ja! Reicht immer noch nicht. Ich bin gierig, ich will alles. Und damit kommen wir zu Kleinigkeiten. Zu den Kleinigkeiten, die in meinen Augen keine Kleinigkeiten sind.

Es reicht schon, wenn sie Berliner Hauptschul-Hip-Hop meiner geliebten Doo-Wop-Musik vorzieht, um mich abzuturnen. Tommy Jaud statt Charlie Huston liest oder einen Perlenohrring statt eines Tunnels trägt, nicht weiß, wer Stauffenberg war oder wie die Geliebte von Donald Duck heißt.

Ach, Scheiße, es reicht schon, wenn sie nicht schluckt! Was bei den heutigen Ludern glücklicherweise nicht mehr vorkommt.

Ich frage mich, ob nur ich so bin oder ob dieses verkrampft Wählerische etwas ist, was mit den Jahren von ganz allein kommt. Ich will nicht so sein. So berechnend. So kopflastig. Mit dem Herzen sieht man bekanntlich besser. Und überhaupt, Scheiße, Mensch, vielleicht hört sie ja irgendwann Hip-Hop UND Doo Wop. Vielleicht lässt sie sich ihren Perlenohrring eines Tages in ein Brustwarzenpiercing umarbeiten. Ich könnte mit ihr zum Bendlerblock gehen, ihr zeigen, wo Stauffenberg erschossen wurde und ihr dabei von Daisy erzählen.

All das könnte ich tun. Da wäre doch nichts Schlimmes bei.

Ich muss ihr doch wenigstens eine Chance geben. Warum bin ich nur so ein Arschloch?

Vielleicht ist es die Befürchtung, dass mir ihre Perlenohrringe nie gefallen werden, sie mit mir nicht zum Bendlerblock gehen und nichts von Daisy hören will. Nur: Wenn ich es nicht endlich einmal probiere, werde ich nie erfahren, ob irgendwann eine weiße Perle von ihrer Brustwarze blinkt.

Wo ist mein Mut? Wo ist meine Risikobereitschaft? Scheiße, ich war doch immer ein Spieler, der alles auf Sieg setzte, und jetzt steige ich bereits vorher aus. Fold statt All in.

Nee, nee, so werde ich den Zauber, der in der Teenagerliebe zu Hause ist, nicht zurückgewinnen.

Aber ich gebe nicht auf, ich bleibe dran, und ihr wisst ja, wie es ist: Die Liebe kommt immer dann um die Ecke, wenn du am wenigsten mit ihr rechnest.

Mein aktueller Facebook-Status lautet «ungefickt». Vielleicht sollte ich ihn erklären, denn tagtäglich erreichen mich Mails von hilfsbereiten Damen, die diesen Status endlich wieder in «leer gelutscht» ändern wollen. Das ist nett gemeint und ich weiß das auch zu schätzen, aber ihr müsst wissen, dass ich die Dinge in einem größeren Zusammenhang sehe. «Ungefickt» meint also nicht nur das Buchstäbliche, ich könne auch «lieblos» schreiben und hätte damit gleich noch ein neues Wort kreiert, aber «ungefickt» klingt einfach griffiger und sorgt dazu für virtuelle Begegnungen der besonderen Art.

So wie gestern Nacht zum Beispiel ...

Skype war gerade wieder einmal abgekackt, mitten in einem recht ausgefallenen virtuellen Rollenspiel, als ich eine Nachricht von einer Frau bekam, auf die ich schon scharf war, als ich sie vor einigen Wochen angefragt hatte.

Ich hatte das seinerzeit nicht weiter forciert, weil sie auf meine Anmachversuche nicht eingegangen war und einen ganz lässigen Freund hatte.

«Hartes Leben, hm? Seit Tagen nur den Status ungefickt ...», schrieb sie. Oh, was will die denn auf einmal von mir?

Erstmal ganz cool zurückschreiben, ohne heraushängende Zunge also.

«Ich sag dir eines, Baby, der Status *ungefickt* ist ein Brenner. Die einen denken: Oh, der ist ungefickt, dem muss ich dringend Abhilfe schaffen. Die anderen: Ja, ja, so eine coole Sau und ungefickt? Der kokettiert doch nur, der fickt bestimmt ganz viel – ich will auch. Noch Fragen, du außergewöhnliche Schönheit aus Schöneberg? ;-)»

Doch so leicht ließ sich dieses Prachtstück nicht einschüchtern, sie schoss zurück: «Und was, wenn ich dir sage, dass ich glaube, dass du tatsächlich ungefickt bist, weil du es einfach nicht draufhast?
Na, was sagste dann?!»
Und damit hatte sie mich.

Juliette hieß sie und sie gefiel mir sehr. Wir tauschten Nummern aus, was ein gutes Zeichen ist, denn eine Handynummer ist ein Versprechen ins wahre Leben.

Zudem bin ich verrückt nach versauten telefonischen Nachrichten. Am liebsten zu einem Zeitpunkt, an einem Ort, an dem ich nicht mit ihnen rechne. An der Rossmann-Kasse zum Beispiel, mit Penaten-Babyöl, Nivea-Deo-Roller und Vollkornnudeln in der Hand.
«Das wird wohl nichts mit einem gefüllten Schühchen zum Nikolaus, war schrecklich unartig. Befürchte, du musst mich bestrafen», stand weiß auf dunkelblau auf meinem Display.
Oh-Gott-Oh-Gott-Oh-Gott! Die erste SMS von Juliette.

Bestrafen also. So eine Sau! Wie könnte die wohl aussehen, die Bestrafung?
«5 Euro 77, bitte ...»
«Hä?»
«5 Euro 77, bitte ...»
«Ach so, entschuldigen Sie bitte, ich war gerade im Phantasialand ...»

«War's schön dort?»

«Hä? Wo?»

«Na, im Phantasialand ...?»

«Ach so, ja, ja, hart war es und feucht war es, aber ich muss dann jetzt auch los ...»

Wer mir solche Nachrichten schreibt, verdient eine schnelle Antwort. Ich begann zu tippen ...

... und plötzlich fiel mir wieder ein, dass die Sache mit den versauten Nachrichten einen Haken hatte. Mein Handy war neu. Meine Handys sind immer neu. Nicht, dass ich ein Handyfreak wäre, überhaupt nicht, nur verliere ich sie regelmäßig oder lasse sie zu Boden fallen oder auch gern mal in die Badewanne oder Spree. Und da ich grundsätzlich keine Bedienungsanleitungen lese, weiß ich meistens nicht, wie mein Handy funktioniert. Bin froh, wenn ich die Eingabehilfe drin habe, aber wieder rausnehmen? Manuelle Eingabe? Wie war das noch mal?

Und ich hatte doch keine Zeit. Ich wollte doch schnell zurückschießen.

Das arme Ding lag irgendwo, drei Finger drin – mindestens, so wie ich die einschätze –, und wartete sehnsüchtig auf meine Antwort.

Und dabei ist die Nokia-Eingabehilfe so ein frigides Miststück. Die kennt nix, gar nix!

Weder «Fotze», noch «Peitschenhieb» oder «Kellerverlies», ja, diese sexuelle Analphabetin kennt noch nicht einmal die Worte «Arsch» oder «Fick», von «Arschfick» ganz zu schweigen.

Dann halt auf die ganz alte Methode: Erst «Ar», dann «sch», dann «fi», dann «c», dann «k» eintippen und dann alles zusammenfügen.

Gefühlte Stunden später war ich fertig.

Ich wollte die SMS gerade abschicken, als Juliette mir wieder schrieb: «Schlechtes Timing, Arschloch, nun bin ich fertig. Hoffe, im wahren Leben haste mehr drauf!»

Juliette hatte meine ganz persönliche Dreifaltigkeit, Hirn, Herz & Unterleib, berührt. Es gab nur ein Problem: Sie ist der Inbegriff der Drama-Queen. Wir hatten uns noch nicht einmal getroffen, da hatte sie schon zum ersten Mal «Schluss gemacht».

Schreibt man ihr nicht in einem Sekundenbruchteil zurück, riskiert man ein: «Fick dich! Gibt genug Männer, die nach mir lechzen. Pech gehabt.»

Hält man eine telefonische Verabredung nicht ein, kommt: «Oh wie gut, dass ich so früh erfahre, was du für ein Wichser bist.»

Und wagt man es gar, sich rein freundschaftlich mit einem anderen Mädchen zu treffen, wird halt mal schnell «Schluss gemacht».

Und das ist noch nicht alles: Diese Frau ist nicht nur eine Drama-Queen, sondern auch eine ganz hinterhältige Schlange, wie ich bei unserem ersten Telefonat erfuhr.

Sie: «Warum bin ich wohl so pissig?!»

Ich: «Würde ich auch gern wissen, also komm schon: Lass es raus, Baby.»

Sie: «Weil du mir auf zu vielen Hochzeiten tanzt.»

Ich: «Nenn mich den Hochzeitstänzer, Baby.»

Sie: «Wirklich witzig. Du scheinst den Ernst der Lage nicht zu erfassen. Ich bin die Nummer eins und sonst niemand. Auf einer Skala von eins bis zehn bin ich eine elf. Das sagt jeder.»

Ich: «Moment, das interessiert mich. Auf dieser Skala, ist da eins oder zehn das Beste?

Sie: (lacht) «Maul!»

Ich: «Entschuldige, aber hey, ist doch gar nichts los. Ich bin vollkommen unschuldig, gibt nur dich, du bist die Nummer eins, oder in deinem Fall die Nummer elf.»

Sie: «Ah ja? Was würdest du sagen, wenn mir jemand eine deiner zauberhaften «Ich schreib sie mir jetzt mal in die Horizontale»-Mails weitergeleitet hätte?»

Dazu fiel mir erst mal gar nichts ein.

Sie: «Ach, jetzt ist er sprachlos, der Kleine, wie süß.»

Ich: «Ja, nee, äh, also ... die Mail muss schon älter gewesen sein.»

Versuchen konnte man es ja mal.

Sie: «Och, die war eigentlich ziemlich aktuell ...»

Mist! Wer konnte das gewesen sein? Welche Mail hatte sie gelesen?

Sie: «Du hast es verrissen, merkst du selber, nä?»

Ich: «Ich merk gar nix. Welche Schlampe hat dir geschrieben?»

Sie: «Das darf ich dir nicht sagen.»

Ich: «Sag es.»

Sie: «Nein, ich musste ihr versprechen, sie nicht reinzureißen.»

Ich: «Es war das Model, richtig? Scheiße, ich hätte wissen müssen, dass ihr euch kennt. Ihr Models steckt doch alle unter einer Decke ...»

Sie: «Tja, das ist wohl so ...»

Ich: «Mensch, die Geschichte ist doch lange durch. Ich wollte doch nur Abschied nehmen, wie in diesem Xavier Naidoo-Video mit Esther Schweins, verstehste?»

Sie: «Nein, versteh ich nicht. Ich muss auflegen, meld mich gleich noch mal ...»

Die Nacht zuvor hatte ich nicht geschlafen, daher erwischte mich die Attacke der Drama-Queen nicht unbedingt in Hochform, und im verkaterten Zustand war mir Stress dieser Art von jeher ein Gräuel.

Geht ja gut los: Schon die dritte Scheiße, die passierte, und wir hatten uns, wie gesagt, noch nicht einmal gesehen.

Und das Model? So ein Mistvieh! Wie konnte sie mir das antun? So hätte ich die niemals eingeschätzt. Ich schreib der gleich mal, nur ein Wort: «Warum?»

Oder vielleicht doch nicht. Vielleicht war sie es gar nicht. Scheiße, vielleicht hatte die Drama-Queen nur geblufft?

Natürlich, bestimmt hatte sie das.

Und ich Idiot war voll drauf reingefallen!

Das Telefon klingelte.

Ich: «Sag mal, das mit dieser Mail, die dir angeblich weitergeleitet wurde, das war doch ein Bluff, oder?»

Sie: «Na, klar.»

Ich: «Oh, du bist so eine hinterhältige Fotze.»

Sie (hörbar grinsend): «Ich weiß ...»

5. Wie fühlst du dich – am Morgen danach?

Mein Schlafzimmer, in dem ein paar Stunden zuvor das Leben in all seiner Pracht pulsiert hatte, wirkt am Morgen danach wie von einer bösen Macht in seinen Urzustand versetzt.

Geschmacklos. Trostlos.

Vollkommen losgelöst von all der Freude, die dieses Gottesgeschenk für ein paar unfassbar schöne Momente in diesen Raum und in mein Leben gebracht hatte.

Das Schlachtfeld der Gier näher zu beschreiben, würde bedeuten, zu viel zu verraten, und zu viel verraten, nein, das möchte ich nicht. Nicht heute.

Diese Nacht gehört ihr.

Sie gehört mir.

Diese Nacht gehört uns.

«How do you feel the morning after?», fragt Soul-Ikone Millie Jackson in ihrem schönsten Song.

Eine gute Frage. Ein wenig wie am Morgen danach, ohne die Nacht davor gehabt zu haben.

«Lass dich nicht von deinem Hirn ficken», war der letzte vollständige Satz, den Juliette zu mir sagte, kurz bevor die Tür unbarmherzig ins Schloss fiel.

Ich würde das Leid gern mit ihr teilen, mich an sie schmiegen, ganz fest, und ihr sagen, dass alles gut werden wird. Doch das kann ich nicht.

Sie ist weg.

Und selbst wenn sie noch bei mir wäre: Was weiß ich, was würde?

Die Beschreibung ihres Charakters im vorigen Kapitel war nicht ganz fair. Sicher, für meinen Geschmack gab Juliette mir ein wenig zu häufig zu verstehen, was für ein begehrenswertes Etwas sie war, doch je öfter ich mit ihr sprach, umso klarer wurde mir, dass sie so viel mehr war als eine bloße Inszenierung ihrer selbst.

Sie ist es gewohnt, an erster Stelle zu stehen, das stimmt schon; sie ist es auch gewohnt, dass man sich nachdrücklich um sie bemüht; und sie ist es gewohnt, zu bekommen, was sie will. Aber das ist nur eine Seite von ihr. Und zumindest die ersten beiden Punkte kann vermutlich jeder nachvollziehen. In der Liebe sind alle Frauen gleich. Ganz egal, ob Supermodel oder Dresden '45. Sie wollen endlich einmal nicht enttäuscht werden.

Bei mir sieht's anders aus. Ich will endlich einmal nicht enttäuschen. Dafür brauche ich eine Frau, die ich vergöttere, die ich um nichts in der Welt verlieren will. Doch offen gesagt, glaubte ich nicht, dass die Drama-Queen diese Frau sein könnte. Ich schwankte zwischen Faszination und Kopfschütteln. Einmal erzählte sie mir, manchmal werfe sie U-Bahn-Musikern zehn Euro in den Hut, nur damit die zu spielen aufhörten. Klar, fand ich das irgendwie cool, aber zehn Euro? Scheiße, das war mir dann doch ein bisschen zu elitär. Dass auch diese Geschichte zu ihrer Selbstinszenierung gehörte, begriff ich erst später.

Beinahe wäre es auch gar nicht zu unserem Treffen gekommen ...

Es war ein ewiges Hin und Her. Juliette ist halt die Drama-Queen, und ich war noch nicht so angefixt, um mir keine Fehler zu erlauben. Als es gerade begann, inniger zu werden, bekam ich Wochenendbesuch von einem anderen Facebook-Mädchen. Diese Verabredung stand schon länger, und ich brachte es nicht übers Herz, sie abzusagen, zumal ich noch überhaupt nicht wusste, wohin mich die Reise mit der Drama-Queen führen würde.

«Wirst du sie ficken? Sag's ehrlich, es ist mir wichtig!», fragte sie daraufhin.

«Nein», antwortete ich.

«Ach, komm, klar fickst du sie, gib's wenigstens zu, ich weiß es sowieso ...»

So sind sie, die Luder. Alles, was sie sich selbst zutrauen ... Selbstverständlich gab ich gar nichts zu.

Dass die Drama-Queen eifersüchtig war, fand ich großartig. Es schmeichelte mir, es bedeutete mir etwas. Statt bei dem Mädchen im Hotel schlief ich zu Hause und versuchte, ihr ein gutes Gefühl zu geben. An drei von vier Tagen gelang mir das auch.

Nur in einer Nacht ging mein Plan schief, was mir dann Nachrichten in der Intensität von Maschinengewehrsalven einbrachte.

SMS 1: «Gut, du antwortest nicht auf meine SMS und bist auch nicht zu Hause, du Flittchen. Ich hasse dich ... Fuck!»

SMS 2: «Wer ein Frauenherz aus dem obersten Regal erobern möchte, macht nicht solche Fehler wie du. So wirst du niemals die Liebe finden. Alles, was bleibt, ist der Rest ...»

SMS 3: «Bitte ruf mich nicht mehr an und sende auch keine Nachrichten mehr. Danke.»

Flittchen hatte mich noch niemand genannt. Großartig. Zudem hatte ich in der Nacht zuvor mächtig gefeiert und brauchte solche Nachrichten so dringend wie den Dritten Weltkrieg. Andererseits wusste ich genau, wie sie sich fühlte, und da ich ähnliche Mails im Dutzend billiger von meinen früheren Freundinnen bekommen hatte, wusste ich, wie ich zu reagieren hatte, und holte sie mir zurück.

Die Erleichterung, die mich durchzog, als ich sie wieder auf Kurs hatte, verblüffte mich. Woran lag es? War sie mir schon so wichtig geworden? Oder wollte ich meiner partiellen Unzuverlässigkeit wegen nicht inzwischen schon im Vorfeld verlassen werden? Ich schätze, es war zu dem Zeitpunkt eher der zweite Grund.

In den Tagen danach kamen wir uns ein wenig näher.

«Ich bin sehr erstaunt, wohin sich unsere ‚Beziehung' gerade entwickelt. Von Wolllust zum Interesse am Menschen dahinter. Nicht schlecht, wer hätte das gedacht?», schrieb sie.

Zwei Tage vor unserem Treffen beichteten wir uns unsere heftigsten sexuellen Fantasien. Ihre war, na ja, sagen wir mal, äußerst bemerkenswert. So bemerkenswert, dass ich einfach einen draufsetzen musste, schließlich hatte ich einen Ruf zu verlieren. Sie hörte sich meine Fantasie an, nicht nur das, sie befeuerte sie auch noch. Gut so, mag ich sehr, Augenhöhe also auch bei einem ganz, ganz wichtigen Thema …

Was für ein Trugschluss!

SMS um 5 Uhr morgens: «Ich werde mich NICHT mit dir treffen, meine Entscheidung ist gefallen. Ich muss meinem Herzen folgen, nicht meiner Geilheit.»

Oh, nein. Was war denn nun schon wieder? Es dauerte eine Weile, bis sie mit der Sprache rausrückte. Meine Fantasie wäre ihr dann doch zu heftig gewesen, da sei sie einfach raus. Also zurückrudern. Was ich daraufhin auch tat. Sei alles nicht so gemeint gewesen, wollte nur einen draufsetzen, und nein, sie müsse keine Angst haben, ich brächte kein Skalpell mit …

Einen Tag vor unserem Treffen tauschten wir die Rollen und ich wurde zum Drama-King. Wir unterhielten uns gerade über unsere Facebook-Fotos, als sie einen taktischen Fehler beging.

«Eigentlich bist du von deinen Fotos her gar nicht mein Typ», erwähnte sie eher beiläufig.

«Was?!» Ich hoffte, mich verhört zu haben. Hatte ich aber nicht.

Sie merkte, dass sie das lieber nicht hätte sagen sollen, und versuchte, es zu relativieren, doch es wurde nur noch schlimmer.

Oh, was war ich verletzt!

Der Witz an der Geschichte war, dass sie auch nicht unbedingt mein Typ war. Klar, sie war ein Model und das sah man auch. Nur: Was bedeutet das? Nichts.

Heidi Klum ist auch ein Model und die könnte man mir nackt auf den Bauch binden. Wobei ich Juliette nicht mit Heidi vergleichen will, die unvergleichliche Drama-Queen strahlte auf ihren Bildern etwas Außergewöhnliches aus, nicht so eine gähnende Langeweile wie die Klum, bei der ausschließlich die Füße reizen.

Das Problem war: Auf ihren Modelfotos war die Drama-Queen nicht einzuschätzen, sie sah immer anders aus, und auf ihren natürlichen Bildern gefiel sie mir halt nicht so gut. Aber hätte ich das sagen sollen? Natürlich nicht. Erst einmal hätte das nach einer ganz billigen Retourkutsche ausgesehen und dann wäre es vor allem auch furchtbar uncharmant gewesen. Aber stehen lassen konnte ich ihr Geständnis auch nicht. Und so tat ich, was ich in solchen Situationen meist tue, nämlich zielgenau auf vermeintliche Schwächen schießen.

«Sagt die Frau, deren Freund jetzt nicht unbedingt wie George Clooney aussieht, um es mal ganz zurückhaltend zu formulieren, aber ganz, ganz zurückhaltend.»

Ja, war nicht der beste Konter der Welt, zugegeben, aber etwas Besseres fiel mir in dem Moment nicht ein. Cool, wie sie aber nun einmal ist, ließ sich die Drama-Queen davon überhaupt nicht provozieren, sondern lachte nur. Das Lachen klang wie: «Das sagst du doch jetzt nur, weil ...»

Da wurde mir das alles zu viel. Ich verlor die Lust, mich mit ihr zu treffen, und fragte mich, wieso sie mir damals überhaupt eine anzügliche Mail geschickt hatte, wenn ich nicht ihr Typ war.

Am liebsten hätte ich die Luft angehalten, bis sie mir sagte, dass ich der allerallerallerschönste Mann auf der Welt wäre. Doch das sagte sie merkwürdigerweise nicht, dafür sagte sie etwas viel Besseres: «Oliver, für mich ist der Gesamteindruck entscheidend, ich fände es vermessen, anhand von Fotos zu beurteilen, ob du der Mann meines Lebens sein wirst. Reicht es dir nicht, dass du der Erste sein wirst, den ich von der virtuellen Welt in die Realität hole?»

Doch das reichte mir. Das hatte sie schön gesagt. Zur Belohnung brachte ich sie noch einmal zum Lachen: «Und mach dir keine Sorgen, falls dir meine Fickperformance nicht gefällt. Gib mir einfach zehn Euro, dann hör ich auf, okay?»

«Versprochen!»

Wir versicherten uns gegenseitig, wie sehr wir uns auf unseren Abend freuten, und alles klang sehr vielversprechend. Doch irgendwie war ich mir ziemlich sicher, dass von unserem Treffen nichts Nachhaltiges bleiben würde. Zwischen dem Internet und dem wahren Leben liegen schließlich Welten.

Ein guter Fick, sicher, mit der Chance auf einen schönen Abend, aber mehr? Nein.

Sogar einen Titel für meinen nächsten Blogpost hatte ich mir bereits überlegt: «Schluss mit der Queen, das Drama ist beendet.»

Doch manchmal kommt es anders.

6. «DU und beim ersten Date nicht ficken wollen?!»

Es war einer dieser Tage, die Großes versprachen. Doch mit Versprechungen ist es ja immer so eine Sache. Mein Rendezvous mit Juliette würde entweder die Nacht der Nächte oder ein furioses Fiasko. Dazwischen gäbe es nichts, dessen war ich mir ziemlich sicher.

Seit Lisa aus meinem Leben verschwunden war, verband ich Liebe nur noch mit Schmerz, aber nachdem sie sich durch ihren letzten Auftritt fürchterlich ins Aus geschossen hatte, verschwand sie langsam aus meinem Herzen und schuf damit Platz für etwas Neues.

Und ja, Juliette hatte mein Herz bereits berührt und das lange vor unserem ersten Treffen. Selbstverständlich berührte sie nicht nur mein Herz. Erst hatte sie etwas anderes berührt, kein Wunder nach Mail-Konversationen dieser Art:

«Meine Lieblingsstellung: Du auf dem Rücken, Beine senkrecht in die Luft, Arsch schön hoch, 'n Kissen drunter, deine Zehen in meinem Mund», schrieb ich ihr.
«Dein ... in meinem ...
und deine ... in meiner ...?», antwortete sie.

«Passt die denn in deine ...? Falls ja, dann ja!»
Oh, Gott, ich dreh gleich durch!

«Du hast keine Ahnung, wie geil sich meine ... anfühlen wird, wenn du deine ... erst mal drin hast, und ich werde dabei genau in dein Gesicht schauen und mich daran aufgeilen, wie scharf es dich macht, bis du nichts mehr willst, als zu kommen, und ich dich nicht lasse.
PS: Seitdem wir uns schreiben, bin ich nur noch scharf!»

Ja, ja, schon 'ne ziemlich geile Sau, die Drama-Queen. Doch nachdem sie mir zusehends wichtiger wurde, überlegte ich, ob es nicht klug wäre, bei unserem ersten Treffen mal etwas ganz Außergewöhnliches zu wagen und nicht miteinander zu schlafen.

Mein Vorschlag sorgte für Irritationen.

«Du und beim ersten Date nicht ficken wollen?!», fragte sie.

Mein Los. Frauen denken grundsätzlich, mir ginge es nur ums Ficken.

«Ich versuche, uns doch nur alle Optionen offenzuhalten. Und nicht beim ersten Mal etwas kaputtzumachen, was sich eventuell ergeben könnte.»

«Ich versuche, mich auch offen zu halten. ;-)», schrieb sie.

Es war zwecklos. Also wieder im bewährten Stil:

«Schätze, wir würden es eh nicht durchhalten, ich würde dir nämlich schon unterm Restauranttisch an deine klitschnasse ... gehen.»

«Das möchte ich dir auch geraten haben ...»

Sie machte es mir nicht einfach. Dabei war ich längst einen Schritt weiter, aber irgendwie kaufte sie mir das nicht ab. Also noch ein Versuch per Mail:

«Liebste Juliette,
Du machst mich unfassbar scharf.
Ich könnte durchdrehen, wirklich wahr.
Aber auf Dauer reicht mir das nicht.
Auf Dauer ist mir das zu eindimensional.

Ich möchte von dir berührt werden.
Nicht nur sexuell.
Und wenn du schreibst, dass du verletzlich seiest, kommst du mir endlich mal richtig nah.

Vielleicht ist dir das auch alles viel zu anstrengend.

Vielleicht möchtest du wirklich nur ficken.

Das wär' okay.

Aber dann sollten wir es auch bald tun und nicht wochenlang nur drüber reden.

Wenn du dir dagegen vorstellen könntest, ein wenig in die Tiefe zu gehen, gebe ich dir gern alle Zeit der Welt.

It's up to you, Baby.»

Glaubhaft, oder? Und sogar die Wahrheit.

Langsam, ganz langsam, gelang es mir, sie zu überzeugen:

«Ich hole erst mal tief Luft und sage dir, dass solche Zeilen nach so kurzer (Flirt-)Zeit sehr ungewöhnlich sind.

Du willst tatsächlich mehr von mir greifen ...

Ich staune. Ich war es, die dachte, du wolltest nur ficken.»

Ich wollte sie unbedingt haben, ich wusste zwar noch nicht, ob sie meine hohen Erwartungen erfüllen würde, aber eine schöne Trophäe war sie allemal. Nicht, dass ich noch Kerben ritzen würde, damit hatte ich bereits in meinen frühen Zwanzigern aufgehört, aber eine wahrlich hübsche Frau zu erobern, würde meinem dank Lisas Arschtritt angeknacksten Selbstbewusstsein guttun.

Doch je näher unser Treffen rückte, umso unsicherer wurde ich. Schuld war dieser Satz, den Juliette mir am Telefon sagte:

«Ich hoffe, du gehörst nicht zu diesen Typen, die beim ersten Mal vor Aufregung versagen, das ist nämlich immer supernervig.»

Oh! Also eigentlich gehöre ich nicht zu diesen Typen, die beim ersten Mal vor Aufregung versagen, aber warum nicht bei der Drama-Queen damit anfangen?

Scheiße, ich hatte die Latte ziemlich hoch gelegt, mich als wahrer Fickgott verkauft, sie sich ähnlich, sicher, aber sie muss ja auch nicht über Stunden ihren Mann stehen.

Vielleicht sollte ich besser auf Nummer sicher gehen und die blauen Pillen besorgen? Sie heimlich nehmen und Juliette ins Nirwana ficken?

Nee, lieber nicht, ich kannte die Dinger von Drogenexzessen, und es war irgendwie nicht das Gleiche. Ich wollte sie wahrhaftig spüren, die ganze Vorfreude, dieses aufgeregt sein, mein pochendes Herz, dieses Kribbeln, das meinen ganzen Körper durchzog, sobald ich ihre Stimme hörte oder eine Mail bekam, die ganze Magie wollte ich in diesen einen Fick legen. Und das würde ich mir nicht durch amerikanische Chemiescheiße kaputtmachen lassen.

Ich musste da so durch. War ja nicht mein erstes Mal, ich würde das schon schaffen.

Oder?

Sicher. Aber treu nach dem Adenauer-Motto «Was interessiert mich mein Geschwätz von gestern?» hatte ich mir nun doch etwas für die Ausdauer besorgt. Kostenlos sogar. Probepackung. Neues Produkt.

«Hält das ganze Wochenende», meinte mein Hausarzt, der verständnisvoll tat. «Es gibt bei Erektionsproblemen vielfältige Therapiemöglichkeiten. Die Medizin ist da heute sehr weit.»

Aha. Schön für die Medizin, schön für Männer mit Erektionsproblemen. Nur zähle ich mich nicht zu denen, andererseits konnte ich ihm ja aber auch schlecht sagen: «Nun rück die Teile schon raus, Mann. Ich will einem Mädel eine ganze Nacht lang zeigen, wo der Hammer hängt, mehr nicht.»

Ich war ziemlich aufgeregt. Dass ich im Bett glänzen würde, wusste ich, schließlich bin ich nicht ganz unerfahren und die Pillen sorgen, entgegen der landläufigen Meinung, nicht nur für eine extreme Härte, sondern man kann auch wesentlich länger und immer wieder. Aber: Werde ich ihr gefallen? Wird sie mir gefallen? Werden wir uns verstehen?

Antwort:
Frage 1: Weiß nicht. Kann sein.
Frage 2: Ja.
Frage 3: Voll!

Der Sex war fantastisch. Verbale Erotik macht bei mir circa vierzig Prozent des Spaßes aus. Ich bin ziemlich gut darin, doch in Juliette fand ich meine Meisterin. Die Fantasien, die sie mir erzählte, waren so verboten, dass ich sie hier nicht wiederholen kann, ohne befürchten zu müssen, dass dieses Buch auf den Index kommt.

Sie machte mich vollkommen verrückt. Manche Spiele spiele ich für gewöhnlich nur, wenn Kokain meine Geilheit in Lichtjahre entfernte Galaxien geschossen hat. Ohne die Droge fehlt mir für gewöhnlich das Verlangen danach, doch bei Juliette war alles anders. Sie raubte mir den Verstand.

Nach den ersten zwei Runden beschlossen wir, noch ein bisschen auszugehen. Im Admiralspalast lief ein Rock 'n' Roll-Festival. Genau das Richtige. Für mich eh, und Juliette musste nicht befürchten, jemandem aus ihrem elektronischen Umfeld zu begegnen, der womöglich ihrem Freund von uns erzählte.

Fünfundzwanzig Euro Eintritt. Also Fünfzig für mich. Da sollten wir irgendwie drum herumkommen, fand ich.

Vor uns in der Schlange machte ein schmieriger Mitte-Typ auf monsterwichtig. Augenscheinlich stand er nicht – wie von ihm erwartet – auf der Gästeliste. Skandal! Ob man denn nicht wisse, wer er sei, die Nummer kennen wir ja alle. Für mich eine gute Nummer, da das lieb wirkende Kassenmädchen von ihm schwer genervt war, wurde es Zeit für meine Nummer, die Ritternummer.

«Junge, nun lass doch mal das arme Mädchen in Ruhe! Du stehst nicht drauf, warum auch immer, finde dich damit ab und geh mir bitte aus'm Licht, ich würd gern rein.»

Der Typ drehte sich zu mir um und schaute mich mit offenem Mund ungläubig an. Ich schlüpfte an ihm vorbei, lächelte das Kassenmädchen an, das dankbar zurücklächelte.

«Hey.»

«Hey.»

«Leute gibt's. Oliver Flesch, FHM, das Männermagazin.»

Das war schließlich nicht gelogen. So alle zwei Ausgaben gab ich den Experten für Liebe Sex und Partnerschaft, schrieb über Analverkehr oder gab Tipps gegen Liebeskummer.

«Okay, einen kleinen Moment bitte.»

Sie blätterte in einer Gästeliste im Bibelformat. Vor und zurück, sie fand mich nicht. Sie schaute, ob der Schmiertyp noch hinter mir stand, tat er nicht.

«Ach, komm, wird schon seine Richtigkeit haben», sagte sie und drückte mir und Juliette einen Stempel auf den Handrücken.

Juliette fand meine Aktion saucool: «Voll Bonnie und Clyde mäßig.»

«Ach, nun übertreib mal nicht. Das mach ich fast immer so», erwiderte ich betont lässig, bestellte uns zwei Wodka und ging mit ihr in den Saal, in dem gerade Kitty, Daisy and Lewis rockten.

Juliette war ein Atomkraftwerk der guten Laune und mit ihr zu feiern die reine Freude. Wir zogen die volle Pärchenshow ab, machten mitten im Pulk stehend miteinander rum und all das. Gott, wie ich das genoss!

Eigentlich wollten wir an unserem ersten Date keine Drogen nehmen, doch der Wodka setzte wieder einmal jegliche Vernunft außer Kraft. Kokain also. Und dann noch mal, noch schmutziger ficken. Nur woher? Ich hatte noch keine Connection in Berlin und Juliette tat sich schwer. Wir hatten bereits fünfzig Euro auf dem Taxameter, als sie ein Ass aus dem Ärmel zog. Das Ass, das sie eigentlich nicht ziehen wollte.

«Mein Freund ist gerade bei meinem Dealer. Ich ruf einfach an und bitte ihn, meinem Freund nichts zu sagen und allein runterzukommen.»

«Meinst du das klappt?»

«Klar. Der muss eh die Schnauze halten. Gut, er ist der beste Freund meines Freundes, aber mit mir hat er schon gefickt.»

Oha.

Sie rief an, stieg aus dem Taxi und verschwand in der Dunkelheit. Mir war nicht wohl bei der Sache. Was, wenn der Typ nicht die Schnauze hielt und gleich ihr Freund vor mir stand?

Doch meine Sorge war unbegründet. Fünf Minuten später kam Juliette zurück und zog die erste Line gleich im Taxi. Dafür, dass sie eigentlich gar nichts hatte nehmen wollen, war sie ziemlich gierig. Sollte mir Recht sein, ich steh auf Koksschlampen.

Wie erwartet wurde der Sex noch schmutziger, also noch besser. Das Zeug war gut, ziemlich gut sogar, doch irgendwann war nichts mehr davon übrig und der Absturz kam unbarmherzig.

7. Der Tag, an dem mich die Drama-Queen zum Weinen brachte

Es waren ihre Lippen, in die ich mich als Erstes verliebte.

Sie sind voll, weich, so weich, wunderschön geschwungen und - das ist der Grund, warum ich mich zuerst in ihre Lippen verliebte - sie haben einen kleinen Fehler. Bei geschlossenem Mund blitzt eine klitzekleine Lücke in der Mitte ihrer Oberlippe auf.

Die Frau, der ich einst den Namen Drama-Queen gab, und die ich von nun an nur noch Juliette nennen möchte, weil sie für mich längst keine Drama-Queen mehr ist, sitzt vor mir auf dem Himmelbett in meinem Hotelzimmer und lächelt, sie lächelt mit geschlossenem Mund, und da ist sie wieder, diese Lücke, die ich so unfassbar süß finde.

«Da habe ich mir als kleines Mädchen ein Stückchen rausgebissen und ständig dran rumgeknabbert, ist nie wieder nachgewachsen.»

Jetzt lächle ich. Entrückt.

«Nein, in Wahrheit ist sie schon im ...»

Ich lege meinen Zeigefinger auf ihre Lippen, ich möchte die Wahrheit nicht hören, dafür gefällt mir die Lüge viel zu sehr.

Als ich am späten Nachmittag oben auf dem Hauptbahnhof stehe, ist der Himmel über Berlin in ein prächtiges Abendrot getaucht. Es hat geradezu etwas Erhabenes. Vielleicht bilde ich es mir auch nur ein, weil das Glück in greifbarer Nähe zu sein scheint.

Heute werde ich Juliette zum zweiten Mal sehen, und das zweite Date, so Juliette, sei der Tag der Entscheidung.

Es gibt viel zu besprechen, von meiner Seite aus zumindest. Wir sind noch nicht wirklich zusammen, natürlich nicht, nach nur einem Treffen ist es schwer, zu jemandem, den man noch nicht wirklich kennt, Vertrauen aufzubauen.

Und wie soll sich ohne Vertrauen Liebe entwickeln?

Das ist mein Thema heute. Darüber möchte ich mit Juliette sprechen. Ich möchte ihr sagen, dass ich ihr all die Zeit gebe, die sie braucht, und dass ich mir dafür im Gegenzug wünsche, dass sie in dieser Zeit ihr Möglichstes tut, um mir ein gutes Gefühl zu geben. Ich kann nicht anders.

Ich bin eine Schwuchtel, was Liebesschmerz angeht. Und den habe ich bereits. Immer mal wieder zwischendurch. Es sind Kleinigkeiten, wie wenn sie ausgeht und sagt, sie riefe mich danach an, und es dann nicht tut. In diesen Momenten drehe ich vor Eifersucht durch, sodass ich die halbe Nacht wach liege, weil ich auf ihren beschissenen Anruf warte.

Doch als sie schließlich in meiner Wohnungstür steht, in all ihrer Pracht, ist mein Thema für heute schon fast wieder vergessen. Wir sehen uns so selten, da sollten wir unsere kostbare Zeit nicht mit zermürbenden Gesprächen vergeuden. Letztendlich sprechen wir doch kurz darüber und Juliette sagt, ich soll ihr Luft zum Atmen lassen.

Was sollte ich darauf noch sagen?

Ich muss einfach wieder cooler werden.

Ich muss es wie ein Mann nehmen.

Und wenn ich sie erst einmal habe, kriegt sie alles zurück, dann werde ich ausgehen und ficken und mich nicht melden.

Nein, natürlich nicht.

Wir schlafen miteinander. Es ist der Himmel. Juliette ist eine Sexgöttin. Sollten wir zusammenkommen, werde ich mit ihr den besten Sex meines Lebens haben, so viel ist sicher. Und ich dachte immer, Mensch, was hattest du nur für versaute Freundinnen!

Bis ich Juliette traf.

Und sogar lachen kann ich mit ihr beim Sex. Etwas, was ich bislang strikt trennte.

«Ich liebe dich», stöhne ich in Ekstase.

«Du kennst mich doch gar nicht.»

«Eben. Drum.»

Ich erzähle ihr von einer Freundin aus Friedrichshain, die in einem Stück von Brecht auftritt.

«Ich mag Brecht», sagt Juliette, «seine Gedichte noch mehr als seine Stücke. War ein ganz schöner Hallodri, der Gute.»

Niemals zuvor habe ich mit einer meiner Freundinnen über Brecht gesprochen. Nicht, dass all meine Frauen dumm gewesen wären, ganz und gar nicht, aber sie interessierten sich einfach nicht für kulturelle Hochs.

Es ist ein Yeah-Erlebnis, das mich so sehr rührt, dass eine kleine Freudenträne über meine Wange purzelt.

Scheiße, ich habe mich tatsächlich verliebt.

Kurz nach neun. Um elf muss Juliette bei ihrem Freund zu Hause sein.

Wir haben Hunger. Wo sie mich wohl hinführt? Bestimmt in ein ganz vornehmes Restaurant. Scheiße, ich habe *jetzt* Hunger. Die Vorstellung, stundenlang aufs Essen zu warten, um schließlich eine Portion zu bekommen, von der noch nicht einmal Kate Moss satt würde, ist mir ein Graus.

Als wir den Kudamm kreuzen, sehe ich im Augenwinkel eine Subway-Filiale. Oh, wie geil wäre denn jetzt bitte ein Tuna-Sandwich?! Aber das kann ich so einer Frau natürlich nicht vorschlagen.

«Wir könnten zu Subway gehen», sagt Juliette in einem Tonfall, der als Spaß gedeutet werden könnte, falls ich ihren Vorschlag als unpassend empfände. Wie wundervoll, sie hat genau die gleichen Unsicherheiten wie ich.

«Ich mag Tuna», sage ich bewusst zurückhaltend, falls ihr Vorschlag doch eine Verarsche sein sollte.

«Echt? Ich sterbe für Tuna.»

Oh, wie ich sie für diesen Satz liebe.

Wir sitzen am Fenster, blicken auf den Kurfürstendamm und ich esse das leckerste Tuna-Sandwich meines Lebens.

Danach schlendern wir über den Kudamm. Hand in Hand – Lalala. Es ist Dezember, es ist kalt. Nur uns nicht. Uns ist warm. Wir werden Weihnachten nicht zusammen verbringen können, aber das ist mir in diesem Augenblick egal. Dieser Augenblick ist schöner als Weihnachten, dieser Augenblick ist unser Weihnachten. Und die riesigen, gar nicht mal so kitschigen, Weihnachtsbäume, die den Kudamm säumen, tun ihr Übriges.

Juliette erzählt mir von Schuhen und Handtaschen und wie gut es sei, dass die Läden geschlossen hätten, weil sie doch kaufsüchtig sei. Lauter langweiliges Zeug also, das ich ihr mit großer Freude von den Lippen ablese.

Es ist fast elf, als wir ihren Bahnhof erreichen. Der Abschied naht. Ohne Abschiedskuss. Man soll uns nicht sehen, vielleicht noch nicht, vielleicht nie. Doch in diesem Abschied liegt, ganz im Gegensatz zu unserem ersten Treffen, nichts Bitteres. Ihr Blick, ihr Lächeln, als sie mir noch einmal hinterherschaut, sagt mehr als tausend Küsse.

8. Voll in die Fresse

Zwölf Stunden später. Gerade aufgewacht. Meine rechte Gesichtshälfte fühlt sich geschwollen an. Wie nach einer Betäubungsspritze. Aus meiner Zunge könnte ich einen Pelzmantel nähen. Was ist das für ein salziger Geschmack in meinem Mund? Ich taste mit dem Zeigefinger über mein Zahnfleisch – Blut.

Es riecht nach Schweiß und Schnaps und kaltem Qualm.

Wo bin ich?

Im Bett, klar, aber wieso ist das Zimmer so klein? Das ist nicht mein Schlafzimmer.

Eine Frauenstimme, nicht Juliette, dringt aus einem anderen Raum wie aus einer anderen Welt.

Was war passiert? Ach ja ...

Es begann vor einigen Wochen. Nach ein paar Monaten Stille hörte ich wieder einmal etwas von Lisa. Sie hatte mir einer Nichtigkeit wegen eine SMS geschickt, wie sie es in solchen Situationen immer tat. Vielleicht ging es ihr tatsächlich um die Nichtigkeit, vielleicht vermisste sie mich ein wenig, keine Ahnung, spielt auch keine Rolle. Wir telefonierten. Ein gutes Gespräch eigentlich. All das, was ich wochenlang runterschlucken musste, konnte ich ihr endlich mit voller Wucht an den Kopf schmeißen, was sie wiederum amüsierte.

«Ja, komm, lass alles raus», sagte sie und lachte dabei, letztendlich lachten wir gemeinsam.

Doch dann nahm das Gespräch eine unschöne Wendung:

«Gehst du auf das Konzert von Blabla im Dezember?», fragte sie. «Gibt ein paar Leute in der Rock 'n' Roll-Szene, die es gar nicht abwarten können, dass du kommst.»

«Kein Wunder, beliebt wie ich in der Szene bin. Was haben sie denn genau gesagt?»

«Dass du mal richtig auf die Fresse bekommen solltest.»

«Okay, Lisa, und du, was hast du darauf gesagt?»

«Gar nichts.»

«Das ist aber nicht viel. Nicht nett, Lisa.»

«Hör mal zu: Mich quatschen ständig irgendwelche Leute auf dich an, ich habe keine Lust, mit denen zu diskutieren.»

Ohhh, das tat weh.

«Aus welchem Grund?»

«Weil du mich in deren Augen schlecht behandelt hast.»

«Und das ist genau der Punkt, Lisa, der einzige Satz, den ich von dir erwartet hätte, wäre gewesen: ‚Kümmert euch um euren eigenen Scheiß!'» Und dann legte ich auf.

Für ein erwachsenes Ohr muss das alles völlig absurd klingen, aber in diesen geschlossenen Szenen herrschen eigene Gesetze. Die Liebesverhältnisse in diesen Szenen sind inzestuös. Und wenn man, wie ich seinerzeit, mit der schönsten Frau aus dieser Szene zusammen war, weckt man Begehrlichkeiten. Alle wollten sie. Ich hatte sie.

Obwohl ich so ein Arschloch war, in deren Augen. Obwohl ich sie so scheiße behandelt hatte, in deren Augen.

Im normalen Leben wechselt man einfach den Bekanntenkreis, wenn man nicht mehr mit den Freunden der Ex konfrontiert werden will. Das Gute ist: In der Szene, von der Lisa sprach, bewege ich mich eigentlich gar nicht. Es gibt daher eher selten Überschneidungen.

Ich hätte mich, nachdem ich Juliette zur S-Bahn gebracht hatte, schlafen legen sollen. Das wäre klug, vernünftig und dem Abend angemessen gewesen.

Egal, was noch passiert wäre, die Stunden mit Juliette waren nicht zu toppen.

Doch eine halbe Flasche Wodka ist nun mal kein Intelligenzbeschleuniger, und so freute ich mich sogar schon ein bisschen auf das Rockabilly-Konzert mit fünf Bands irgendwo in Treptow.

Auf dem Bahnhof traf ich ein Mädchen und einen Jungen aus der Szene und wir fuhren gemeinsam. Ja, er würde sich auch schon mächtig auf das Psychobilly-Konzert freuen.

Moment mal, Psychobilly?

Da hatte mir mein Rock 'n' Roll-Freund wohl aus Versehen den falschen Ausgehtipp gegeben. Denn erstens mag ich diese Musik nicht, und zweitens ist genau das die Szene, in der sie mit einem großen Willkommensblumenstrauß auf mich warteten.

Egal, sagte mir mein Wodkahirn, Feigheit vor dem Feind konnte man mir noch nie vorwerfen, also hin da.

Die Bands waren gar nicht schlecht. Nicht nur Psycho- auch Rockabilly. Ich erinnere mich noch an *His Latest Flame* von Elvis und an die pennälerhafte SMS, die ich Lisa schrieb: «Na, wo sind denn nun die Jungs, die auf mich warten?»

Tja, und dann erinnere mich nur noch daran, dass ich draußen stand und ein Kumpel sagte: «Zeig mal dein Gesicht. Nase okay? Noch alle Zähne drin? Ist ja unfassbar, wenn man bedenkt, wie heftig die vier Typen auf dich eingetreten haben, als du schon am Boden lagst ...»

Bitte was?!

Und so landete ich also im Bett meiner ehemaligen Facebook-Freundin Valeska, einer Soap-«Schauspielerin». Irgendwie hatte mich die Prügelattacke doch ein bisschen aufgewühlt und mir war nicht danach, allein nach Hause zurückzufahren. Zu Juliette konnte ich nicht, es blieb Valeska. Und nein, ich habe nicht mit ihr geschlafen. Natürlich nicht. In meinem Zustand hätte ich es eh nicht gebracht, doch darum geht es auch gar nicht: Wenn ich mein Herz erst mal verschenkt habe, gehört es nur der einen. Wir haben noch nicht einmal im selben Bett geschlafen. Sie schlief auf der Couch, was ich hochanständig fand.

Am nächsten Tag schrieb mir Juliette: «Warum hast du Lisa auch diese SMS geschrieben? Warum musst du so etwas provozieren? Du wehrst dich mit Händen und Füßen dagegen, erwachsen zu werden.»

Es war abzusehen, dass es mich irgendwann einmal erwischen würde. Es hätte schlimmer kommen können, ja, die Abschürfung unter meinem linken Auge sagt mir, es hätte sogar viel schlimmer kommen können.

Und klar, Juliette hat recht. Ich bin manchmal ein Kindskopf, sollte an mir arbeiten und mich von weitestgehend intellektuell befreiten Zonen fernhalten. Denn eines ist sicher: Über Brecht wird mir dort niemand etwas erzählen. Dabei will ich doch noch so viel erfahren.

Erzählst du es mir, Juliette?

Nein, Juliette wird mir nichts über Brecht erzählen.

Juliette wird mir nie wieder etwas erzählen.

Es ist Sonntagnacht, kurz nach halb vier, und vor fünf Minuten erreichte mich folgende SMS: «Du hast überhaupt keine Ahnung von Frauen.

Ich bin so maßlos enttäuscht.

Mach's gut, Oliver.»

Was war passiert?

Ich habe keine Ahnung.

Ich weiß nicht im Ansatz, womit ich sie «maßlos enttäuscht» habe. Der Abend verlief, wie von mir beschrieben. Am Tag danach rief sie mich an und es war liebevoll wie meist. Und dann schrieb ich über unsere Nacht inklusive des Ausgangs bei Valeska in meinem Blog. Sie wollte es, Valeska selbst animierte mich dazu, weil sie sich geschmeichelt fühlte. Ich schrieb die Story also hauptsächlich für sie. Gut, nicht nur: Meine Blogleser bekamen von der Soap rund um die Drama-Queen ebenfalls nicht genug. Dreihundertzweiundsiebzig Kommentare standen unter dem dritten Teil. Rekord.

Tja, und an meinem letzten Post schien Juliette irgendetwas nicht zu passen. Nur was das genau war, blieb unklar. Sie wolle sich jetzt nicht erklären, sie ginge jetzt schlafen, schrieb sie mir. Das war das Letzte, was ich von ihr hörte. Drama halt.

Bis zu der SMS eben.

Ich versuche, sie anzurufen, denke, eine Erklärung ist sie mir schuldig, aber sie denkt anders.

«Ruf mich bitte nie wieder an.

Leb wohl», schrieb sie vor einer Minute.

Nicht zu fassen.

Wie es mir nun geht? Ach, Juliettes Verhalten ist so jenseits von Gut und Böse, dass ich noch nicht einmal sonderlich traurig sein kann.

Ich schätze, ich habe in ihr etwas gesehen, was sie nicht war oder für mich nicht sein wollte. Offen gesagt, bin ich sogar ein bisschen froh, dass es vorbei ist.

Die Frau hätte mich um den Verstand gebracht, da bin ich mir ziemlich sicher.

9. Es ist doch nur Silvester, ein Tag wie jeder andere

Ich bin kein großer Freund von Feiertagen. Erzwungene Fröhlichkeit ist mir zu karnevalesk. Überdies feiere ich eh jedes Wochenende. Aber es gibt Tage, da liebe ich Feiertage geradezu. Der erste Geburtstag mit ihr, du bläst die Kerzen auf dem Kuchen aus, den sie für dich gebacken hat, oder andersherum, ich bin ein moderner Mann. Euer erstes Weihnachtsfest, du kannst es gar nicht erwarten, bis sie die Geschenke, die du klug ausgewählt hast, auspackt. Oder, und damit kommen wir zum Thema, der erste Kuss, die erste Umarmung um Punkt Mitternacht am Jahresende.

Ich hätte alles dafür gegeben, mit Juliette Silvester feiern zu dürfen. Und das, obwohl die Woche zuvor nicht ganz glücklich verlief, um es mal zurückhaltend zu formulieren. In Wahrheit erfuhr ich, dass die Frau, in die ich mich verliebt hatte, eine notorische Lügnerin war.

Von vorn bis hinten, von hinten bis vorn und wieder zurück – alles gelogen! Große Dinge, kleine Dinge, alles gelogen.

Professionelles Ex-Model? Nicht im Ansatz.

Germanistik-Studium? Also falls das Solarium, in dem sie am Tresen jobbt, kein geheimer Hörsaal ist, wohl eher nicht.

Vom Freund getrennt, der daraufhin auszog? Vielleicht irgendwann einmal.

In mich verliebt? Vielleicht. Und in den und den und den ebenfalls.

Der Begriff Borderline wird heute inflationär benutzt. Du hast dich aus Versehen an einem Dornenbusch geritzt? Borderline! Aber hey: Wenn die Drama-Queen keine Borderlinerin ist, gibt es dieses Krankheitsbild nicht.

Und doch wollte ich Silvester mit ihr verbringen. Trotz allem fand ich wieder einmal den «Liebe aus!»-Knopf nicht. Doch was ich wollte, spielte keine Rolle. Sie erzählte mir irgendeine Scheiße von wegen, ihr ginge es nicht gut, sie bliebe zu Hause. Und sollte sie nicht neuerdings im Berghain wohnen, da ging sie nämlich hin, war das wieder eine Lüge.

Und ich? Mein Silvester war so bombe, hätte ich mir einen Böller in den Arsch geschoben und angezündet, wäre der Spaß größer gewesen.

Mir war nicht nach Ausgehen. Ich saß allein zu Hause und bemitleidete mich selbst. Etwas, worin ich wirklich, wirklich gut bin.

In solchen Nächten werden Blues-Songs geboren. Doch da ich weder Gitarre noch irgendein anderes Instrument spiele, schrieb ich mir den Schmerz von der Seele, wie man so schön sagt. Unsinn, übrigens. Klappt nie.

Erst sollte es eine Splatter-Story werden, irgendetwas, wo ich ihr den Kopf abreißen und in den Hals pissen konnte, doch ich schätze, das wäre vor allem bei meinen Blogleserinnen nicht so gut angekommen. Und so wurde es ein Text, der an Larmoyanz schwer zu toppen ist, aber bei besagten Leserinnen gut ankam.

Es ist doch nur Silvester, ein Tag wie jeder andere

«Es ist doch nur Silvester, ein Tag wie jeder andere», die Worte klingen immer noch nach.
Die Worte, die ihn so sehr verletzt haben.
«Es ist doch nur Silvester, ein Tag wie jeder andere.»
Für sie vielleicht.
Aber für ihn ...?

Für ihn war Silvester in den Jahren zuvor ein Tag wie jeder andere.
Er feierte ihn mal mehr, mal weniger.
Mal mit der einen, mal der anderen.
Bis er sie traf.

Und plötzlich, ganz plötzlich, war kein Tag mehr wie jeder andere.
Jedem Tag, den er mit ihr verbringen durfte, wohnte ein Zauber inne.

Das Telefon klingelt im Minutentakt und sein elektronisches Postfach quillt über.

«Es ist doch Silvester, kein Tag wie jeder andere, kein Tag, um allein zu Hause zu bleiben – los, komm schon, komm mit mir», schreibt eine Verehrerin.

«Na, wie wäre es heute? Lust?», eine andere, eine, die er einst so sexy fand.

Bis sie kam.
Bis es für ihn nur noch sie gab.
Wo ist sie nur?
Sie rief noch nicht einmal an.
Sie schrieb nur ein paar Zeilen. Ihr ginge es nicht gut. Sie bliebe zu Hause und schliefe.
Sie rief noch nicht einmal an.

Er ist kein kleiner Junge mehr.
Er weiß, dass sie nicht zu Hause ist.
Er weiß, dass sie nicht schläft.
Er weiß, dass sie es krachen lässt.
Er weiß nicht, was mehr schmerzt.
Der Satz «Es ist doch nur Silvester, ein Tag wie jeder andere» oder die Lüge?

Er ist müde.
Er ist der Tränen müde.
Er legt sich schlafen.
Es ist erst kurz nach zehn.
Was soll's: «Es ist doch nur Silvester, ein Tag wie jeder andere.»

Er wacht auf. Draußen klingelt es an der Tür
Wer kann das sein? Um diese Uhrzeit? Kurz vor zwölf?
Er öffnet.
Und da steht sie.
Sie hat sich schick gemacht.
Eine Flasche Champagner in der Hand.

«Hast du wirklich geglaubt, ich würde mir unser erstes gemeinsames Silvester entgehen lassen, du kleiner Kindskopf?», sagt sie lächelnd.

Ja, ein kleiner Kindskopf, das war er wahrlich, wie konnte er nur so schlecht von ihr denken?

Und dann wacht er wirklich auf.
Nur ein Traum.
Am Ende ist alles nur ein Traum.
Der Zauber ist ausgezogen.
Einfach so.
Er war ein Mietnomade.

Gott, habe ich damals auf die Kacke gehauen. Aber so fühlte ich wirklich, glaubt's oder glaubt's nicht.

10. Was macht Clint Eastwood in Ostberlin?

Es sind die Frauen ohne Gewissen, die uns das Herz aus Spaß an der Freude rausreißen, und damit auch noch durchkommen.

Und warum?

Weil niemand da ist, der sie aufhält.

Weil sie immer wieder einen Narren finden, der sich ihr perfides Spiel eine Weile antut.

Wer, bitteschön, soll sie stoppen?

Ich?

Nein.

Diese Aufgabe ist zu gewaltig für mich.

Ich wäre auch nicht der Richtige für diesen Job. Erstens kann ich einfach nicht länger als ein paar Tage nachtragend sein und zweitens kann ich zwar ficken wie Michael Douglas, rächen wie Clint Eastwood dagegen nicht.

Aber es gibt da einen, in Berlin Friedrichshain, einen wahren Teufelskerl. Wäre er eine Comicfigur, hieße er wohl «Der Rächer». Der kann, und wie der kann, und ich bin stolz darauf, ihn als meinen Freund bezeichnen zu dürfen.

Doch der Reihe nach:

Für Daniel, meinen Nebenbuhler aus den Tagen der Drama-Queen, war die Sache mit Juliette besonders bitter, weil seine Geschichte über Monate und dementsprechend tief reinging. Er erfuhr von mir erst, als alles vorbei war. Wir connecteten uns über Facebook und freundeten uns an.

Daniel ist ein Hübscher, Mitte zwanzig, doch für *Stirb Langsam V* würde man ihn jetzt nicht unbedingt besetzen, dafür sieht er einfach zu lieb aus, und genau das macht ihn so gefährlich.

Vor einigen Tagen bekam Daniel eine SMS von Juliette: «Wollen wir uns nicht mal wieder sehen?»

Er wollte nicht.

Aber er fasste einen Plan. Er wollte ihr etwas zurückgeben, eine kleine, aber wohl dosierte Portion Schmerz für all das, was sie ihm angetan hatte.

Zuerst überlegte er, sie in irgendeine Bar zu locken und dann einfach nicht zu erscheinen. Hach Gott, wie böse, hach Gott, wie gemein, und GÄHN! und all das, was er sich letztendlich auch sagte. Nein, es musste etwas Perfideres sein, und so lud er sie zu sich nach Hause ein.

Sie kam.

Heute Nachmittag, 14 Uhr 34, Berlin, Friedrichshain.

Juliette gleich wieder in Hochform: Ach, wie sie ihn vermisst hätte, und damals, ja, das wäre halt blöde gelaufen mit dem Olli und so, aber mal echt jetzt, der Olli, das ist doch auch nur so ein Aufschneider, also, da braucht man sich doch nur mal seinen Blog anzugucken, keinerlei literarische Qualität, reicht noch nicht mal für das Straßenmagazin Motz und überhaupt, der sieht doch nur mit Mütze oder Hut gut aus, er sollte irgendetwas beim Sex aufbehalten, kannste ihm sagen, dem Olli, ach, ja, und mit meinem Freund läuft es im Moment auch wieder richtig scheiße ...

Daniel hörte gar nicht richtig hin, er konzentrierte sich ausschließlich auf seinen Plan.

«Was willst du eigentlich von mir, Juliette, was hast du dir von diesem Treffen versprochen?», fragte er.

«Ja, also, wenn wir uns mal wieder in irgendeinem Klub sehen, dass wir dann ganz normal miteinander umgehen, verstehst du?»

Daniel verstand nicht.

Er hatte Juliette erst zweimal in seinem Leben in einem Klub gesehen, aber er erinnerte sich noch gut an das erste Mal, wo nicht nur ihr Freund, sondern auch Juliette höchstpersönlich mit der Faust auf ihn losgingen.

«Was hältst du von einer Fickbeziehung, Juliette? Bock drauf?»

Juliette zögerte. Sie konnte ihr Glück kaum fassen, ficken war ihr Lieblingshobby, und sie liebte nichts mehr, als mit Daniel zu schlafen.

«Echt? Das würdest du machen. Ich dachte immer, du könntest das nicht.»

«Klar, kann ich, inzwischen schon, von mir aus können wir gleich loslegen.»

«Wirklich? Aber ich hab nur 'ne halbe Stunde Zeit.»

«Langt! Hab seit einer Woche nicht gefickt.»

Juliette lächelte, eine Mischung aus Verlangen, Vorfreude und Dankbarkeit.

Sie bat um eine Minute, da sie noch mal kurz ins Bad huschen müsse. Daniel war es egal, für seinen Plan spielte es keine Rolle, ob ihre Muschi sauber oder schmutzig war. Nach exakt einer Minute kam Juliette frisch geduscht, nur mit einem Handtuch bekleidet, aus dem Bad.

«Leg dich schon mal hin», sagte David. Und Juliette legte sich auf sein Bett, schloss die Augen und spreizte die Beine.

Alles verlief nach Plan.

Und da lag sie nun.

In all ihrer Pracht.

«Gesunde» Urlaubsbräune im Februar, so wie er es gern hatte; Sonnenbanktussis gaben ihm einen Kick, das hatte so was schön Billiges. Und zwischen den Beinen? Nun ja, keine Milch mehr im Kühlschrank, aber eben noch für den letzten Zehner bei *Wax in the City* gewesen und alles schön blank ziehen lassen, die kleine Sau.

Daniel gab sein Bestes, und wer schon mal in den Genuss seiner Zungenfertigkeit kam, weiß, dass das eine ganz Menge ist.

Er leckte, küsste, nagte, biss, mal zart, mal hart. Sie wand sich, sie stöhnte, presste Stammelsätze wie «Fuck, Fuck, Fuck!» und «Oh Gott, oh, mein Gott!» heraus. Und immer wenn sie kurz vorm Kommen war, unterbrach Daniel seine Leckperformance.

Ganz offen, Freunde: Spätestens jetzt wäre ich an Daniels Stelle schwach geworden, spätestens jetzt hätte ich die Sache in die Hand genommen, was meinen Schwanz meint, und hätte ihn der Schlampe reingerammt.

Daniel nicht.

«Moment», sagte er. «Bin gleich wieder da.»

«Aber, beeil dich, okay, Baby, ich brauch's so dringend.»

«Weiß ich doch», erwiderte Daniel mit einem lässigen Augenzwinkern.

Er ging ins Bad, sammelte ihre Klamotten zusammen, ging zurück ins Schlafzimmer, vorbei an Juliette, zur Haustür, die sie vom Bett aus im Blick hatte. Er öffnete die Tür ...

und schmiss all ihren Kram in den Hausflur des Altbaus.

«Das ist jetzt nicht dein Ernst, Daniel?»

«Oh, doch! Ich wünsche dir noch ein schönes Leben, Juliette.»

Juliette sprang hoch, ging, ohne Daniel eines Blickes zu würdigen, erhobenen Hauptes an ihm vorbei, und sammelte in aller Ruhe, nackt, wie Gott sie schuf, im Hausflur ihre Sachen auf.

Daniel schloss die Tür. Eine tiefe Befriedigung durchzog ihn. Er genoss die Stille, ging zum Kühlschrank und wollte sich gerade ein Bier rausholen, als es an der Haustür hämmerte.

«Meine Jacke ist noch drinnen!», schrie Juliette.

Daniel öffnete.

Ein Fehler.

Juliette schlug mit einem stumpfen Gegenstand, vielleicht einem Feuerzeug, blitzschnell zu. Immer noch nackt drängte sie sich wieder in die Wohnung und stellte sich mit ihren 1,78 Meter herausfordernd vor Daniel. Niemand hat behauptet, Juliette wäre uncool, hatte sie doch während der ganzen Aktion ihre Kippe im Mund, die sie Daniel nun ins Gesicht drückte.

Er packte sie am Hals und drückte sie gegen die Wand, doch auch davon ließ sich dieses hartgesottene Stück nicht beeindrucken, im Gegenteil, es erregte sie:

«Komm schon, Baby, fick mich! Du willst es doch auch», sagte sie lüstern.

«Irrtum, Juliette, ich will dich nicht, und schon bald wird dich niemand mehr wollen, und jetzt verpiss dich endlich!»

Er schmiss sie endgültig aus seiner Wohnung, aus seinem Leben.

Und zum ersten Mal seit verdammt langer Zeit bekam Juliette nicht das, was sie wollte.

Das war's also.

Das Ende der Soap um die Drama-Queen. Die, da sind wir uns wohl alle einig, Freunde, ihrem Namen am Ende noch mal alle Ehre gemacht hat.

11. Ein temporäres Arschloch in Berlin

Die Nacht begann in einer ziemlich netten Runde in einer ziemlich netten Maisonettewohnung in Friedrichshain. Juliettes ehemals beste Freundin, Karen, genannt Sushi-Uschi (sie betreibt eine kleine Sushibar), hatte Daniel und mich eingeladen. Ein bisschen Trinken, ein bisschen Quatschen, viel Lästern. Ihr könnt euch vorstellen, was für komische Geschichten dabei rauskamen. Den Schwanzvergleich ließen Daniel und ich aus, aber dafür lieferten wir uns eine Drama-Queen-SMS-Schlacht:

«Hier, das schrieb sie mir. Na, kannste da mithalten, Arschloch?»

«Pah, da kann ich nur drüber lachen. Hier schau mal, was sie mir schrieb.»

Obwohl wir alle drei eigentlich nicht ausgehen wollten, war nach einer Flasche Wodka klar: Wir gehen, natürlich – ja, was denn auch sonst?

Wer mich kennt, weiß, ich bin musikalisch in der Vergangenheit verloren, während die anderen beiden Kinder der elektronischen Generation sind, was an dem Abend okay für mich war. Berlin steht für diese Musik, und ich schau mir fast alles gern einmal an.

Vorher präparierte ich mich allerdings noch. Dass ich an dem Abend ein Mädchen kennenlernen würde, war anzunehmen. Dass ich elektronische Musik nicht ohne Drogen ertragen würde, ebenfalls. Und da sich chemische Drogen in einer üblen Weise auf meine Potenz auswirken, schluckte ich prophylaktisch irgendein Viagra ähnliches Präparat. Warum vorher? Weil's nicht wirkt, wenn man bereits etwas drinhat.

An die ersten beiden Klubs kann ich mich nicht mehr so wirklich erinnern. Der eine, nachdem sich Sushi-Uschi verabschiedet hatte, war illegal, der zweite war brandneu. Im ersten waren praktisch nur unschöne, im zweiten nur wenige Menschen, zu viele Schwule, und die schönste Frau, die ich bislang in Berlin gesehen hatte. Ich unterhielt mich ein wenig mit ihr, in meiner Verfassung bestimmt ein lustiges Gespräch, aber wie gesagt, an die ersten beiden Klubs erinnere ich mich so gut wie gar nicht mehr.

Ich: «Der Laden ergibt keinen Sinn für uns und du weißt das. Wir müssen weiter, komm, zeig mir Berlin.»

Daniel: «Okay, ich sehe es ein, also ab in die Panaroma Bar, du hast es so gewollt.»

Meine Erinnerung setzt erst wieder ein, als wir drin waren. Ob wir Eintritt zahlen mussten oder Daniels unfassbarer Szenekontakte wegen durchgewunken wurden, weiß ich nicht mehr.

«So, nun bist du im Hot Spot», sagte Daniel.

«Von Ost-Berlin?»

«Nein, von Europa.»

Zehn Minuten später: «Du, Daniel, wenn das hier der Hot Spot von Europa ist, wo sind dann die schönen Menschen, genauer gesagt, die schönen Frauen, warum ist MDMA hier die Droge Nummer eins und wieso haben die Transen Bartstoppeln – wie spät haben wir es überhaupt?»

«7 Uhr morgens.»

«Gut, das erklärt zumindest die Bartstoppeln, und jetzt erkläre mir bitte den Rest.»

«Es ist Freitag, was erwartest du?»

«Hä? Ja, eben, es ist Freitag, Wochenende in Berlin. Wäre es Dienstag in Gütersloh, würde ich dich verstehen, aber so?»

«Eigentlich hast du recht, ich versteh es ja auch nicht.»

Langsam ging mir das Geld aus. Ich war mit 150 Euro in den Abend gegangen, damit wollte, damit musste ich auskommen. Meine Kreditkarte nehme ich schon seit Jahren aus Sicherheitsgründen nicht mehr zum Feiern mit. Nicht aus Angst, sie zu verlieren, eher aus Angst vor mir selbst.

Es war kurz vor zehn, als die Lichter angingen. Daniel wollte nach Hause, ich hatte das Gefühl, wo ich nun schon einmal auf einer elektronischen Reise war, sollte die auch eine der Musik entsprechend angemessene Länge haben.

Also weiter.

Inzwischen ohne einen Cent.

Ich klinkte mich in ein optisch cooles Pärchen ein, wir fuhren mit dem Taxi zum Golden Gate, er bezahlte.

Vor der Tür ein Pulk von zwölf Menschen. Nur fünf kamen rein, inklusive mir, und ich trug eine Camouflage-Truckermütze, da könnt ihr euch vorstellen, wie die anderen aussahen.

«Fünf Euro Eintritt bitte.

Das Pärchen, mit dem du gekommen bist, hat nicht bezahlt», sagte der Türsteher.

«Echt? So eine Schweinerei. Die wollten doch für mich mitbezahlen. Ich geb denen kurz Bescheid, okay?»

«Okay, komm zurück, sonst hol ich dich raus.»

«Alles klar, mach ich.»

Natürlich kam ich nicht zurück. Wieso auch? Der Laden war so voll, der würde mich nie wiederfinden, außerdem hatte er an der Tür genug zu tun. So weit die Theorie.

Zehn Minuten später stand er vor mir.

«Entschuldige, ich hab sie noch nicht gefunden», log ich.

«Dann suchen wir sie zusammen.»

«Okay, aber unauffällig, verpfeifen ist uncool.»

Ich sah sie.

«Da.»

«Wo?», fragte der Türsteher.

«Hinter dir.»

«Auf wie viel Uhr?»

«Zwölf.»

Und weg war ich.

Weitere zehn Minuten später stand er wieder vor mir.

«Die haben nur für sich bezahlt, sie meinten, sie würden dich gar nicht kennen.»

«So eine Überraschung.»

Er grinste.

«Also: Zahlen oder raus.»

«Du, nichts lieber als das, nur leider, leider, leider habe ich nix mehr ...»

«Dann musst du leider, leider, leider gehen.»

«Vollkommen inakzeptabel. Denn erstens ist heute meine erste Nacht in Berlin. Zweitens bin ich extra aus Hamburg gekommen und drittens, und das ist der wichtigste Punkt, hättest du die beiden ohne mich nie wiedergefunden, hast also einen Zehner geschnappt. Eigentlich müsstest du mir nun fünf Euro abgeben, kannste aber behalten, sieh es als meinen Eintritt an.»

«Willst du mich verarschen?»

«Aber nie im Leben.»

«Pass mal auf, ich will keinen Ärger mit dir, bleib und verhalt dich anständig, okay?»

«Versprochen. Danke, Mann.»

Nun war ich also dank einiger Schwindeleien – Hamburg, erste Nacht – sicher drin. Geldlos und durstig. Ein Typ, älter als ich, drückte mir einen Flyer in die Hand.

«Dr. Motte und ich feiern nächste Woche zwanzig Jahre Acid House», sagte der Mann um die Fünfzig.

«Acid House, Mensch, da bin ich dabei, zur Feier des Tages bring ich eine Trillerpfeife mit», erwiderte ich mit geheucheltem Interesse.

«Was willst du trinken?»

Von nun an wich mir der Typ nicht mehr von der Seite. Komisch. Was wollte der nur von mir? Als ich ihn endlich abgeschüttelt hatte, setzte ich mich in das Vorzelt, um Sauerstoff zu tanken. Ein Mädchen, leidlich hübsch und vollkommen klar ausschauend, vermutlich hatte sie vorgeschlafen, sprach mich an: «Und? Gefällt es dir?»

«Nein.»

«Warum nicht?»

«Nicht meine Musik.»

«Ich hör sonst auch eher Reggae.»

«Ich nicht.»

«Du bist aber nicht sehr charmant», sagte das Mädchen.

«Das täuscht.»

Es fing also ganz vielversprechend an. Doch plötzlich stand der alte Mann wieder vor mir.

«Hier geht nix mehr, lass uns in den Kit Kat Klub gehen, da mach ich heut 'ne Party, heißt Piepshow.»

Mädchen oder Kit Kat? Kit Kat oder Mädchen? Schwierige Frage. Ich entschied mich fürs Kitty. Der Klub war einfach eine sicherere Sache, und außerdem war ich dort noch nie.

«Es war mir eine Freude, aber ich muss jetzt leider gehen.»

«Oh, wie schade. Auf Wiedersehen vielleicht, hm?»

«Ich hoffe nicht, denn ich möchte hier nie wieder herkommen.»

Der Kit Kat Klub verbreitet in dieser Nacht ein Gefühl wie in der Umkleide meines Fitnesscenters. Lauter Anabolikaopfer mit freien Oberkörpern und Tribal-Tätowierungen.

Der alte Mann gab noch einen Drink aus, bis er endlich mit der Sprache rausrückte: «Stört dich nicht, dass ich schwul bin, oder?»

Ah! Daher blies der Wind.

«Ganz offen: ein bisschen, aber danke fürs Reinbringen, ich werd mich ab jetzt allein durchschlagen.»

«Arschloch.»

«Nur temporär.»

Da die Musik auf der Tanzfläche für mich abermals schwer zu ertragen war, setzte ich mich in den Vorraum, direkt neben zwei Mädchen, die sich gerade näherkamen. Beide hübsch, die eine mit Glatze, was ich unter gewissen Umständen ziemlich sexy finde.

Wir unterhielten uns über dies und das, wirklich weiter kam ich nicht, ich wusste auch schon lange nicht mehr, ob ich überhaupt weiterkommen wollte, irgendwie ergab das Ganze keinen Sinn mehr, irgendwie war die Party in meinem Kopf bereits seit Stunden vorbei.

Es war das Mädchen mit der Glatze, das mir das endgültig vor Augen führte:

«Ich hab was für deine Nase.»

«Echt? Das ist aber lieb von dir. Und? Ist guter Stoff?»

«Tempo halt.»

«Tempo. Na, das passt ja, dann reich mal rüber den Scheiß.»

Sie hielt mir eine Packung Tempo-Taschentücher vor die Nase.

«Äh, was soll ich damit?»

«Dir die Nase schnäuzen, sie läuft.»

Ein Mann muss wissen, wann es vorbei ist. Und so wankte ich um 14 Uhr in die Kälte.

Sushi-Uschi wohnte in einer prächtigen Altbauwohnung und hatte ein schickes Zimmer frei. WG also. Mehr war gerade nicht drin. Und ich musste endlich raus bei Rocko. Sie hatte mir einen Schlüssel mitgegeben, und wie der Zufall es so wollte, gab es nur einen Schlaf-platz. In ihrem Bett.

Sie lag drin, ich schlich mich hinein und betete, dass sie nicht aufwachen würde. Vergeblich.

Sushi-Uschi war meiner Zielgruppe längst entwachsen. Ich würde sogar noch einen Schritt weitergehen und sagen: Sie war nie drin. Das schien sie allerdings nicht zu wissen, noch nicht einmal zu ahnen, als sie mir zwischen die Beine ging. Und was passierte? Na, was wohl?

Ich bekam einen Monsterständer. Kunststück, schließlich hatte ich am Abend zuvor dieses Präparat geschluckt, das sechsunddreißig Stunden wirkte.

Null Gier, null Lust, was nun? Ach, scheiß drauf, dachte ich. Wenn ich sie erst mal gefickt habe, wird sie mir das Zimmer auf sicher geben. Aber ich sollte mich irren. Nach dem miesesten Fick meines Lebens blieb Sushi-Uschi nicht verborgen, dass sich mein Interesse ausschließlich auf ihr Zimmer beschränkte. Und plötzlich, ganz plötzlich, war das Zimmer doch nicht mehr zu vermieten.

Leyla

12. Das Zwanzig-Euro-Date

Die Geschichte mit Leyla begann mit einer DJ-Todsünde. Hamburg, Hans-Albers-Platz, das Twenty Flight Rock, es ist sechs Uhr in der Früh. Der Laden leert sich. Wieland, der DJ und ein guter Freund, zieht ein ganz besonderes Stück Vinyl aus der zerschlissenen Singlehülle. Das Lied ist neu, noch unveröffentlicht und von Wielands eigener Gruppe The Chotalls. Es heißt *Never Ending Story* und ist weißer Doo Wop in Reinkultur. Die unfassbar einschmeichelnde Melodie bohrt sich bereits beim ersten Hören in Herz, Hirn und Beinmuskulatur. Es ist die alte (Doo Wop)-Geschichte:

Don't Need Any Gold, No Fame Or Glory,
All I Ever Want Is A Never Ending Story
For You, And Me – Never Ending Story.

Die Musik reißt mich mit und ich reiße mit meiner Begeisterung den Rest des Ladens mit. Noch während das Lied läuft, weiß jeder der Übriggebliebenen, dass *Never Ending Story* meines Erachtens nach der Song des Jahres und deshalb auch der einzige Song ist, der für den Rest der Nacht gespielt werden sollte.

Wieland sieht das genauso. Manchmal, wenn es um etwas Großes geht, muss man auch mal eine DJ-Todsünde begehen dürfen. Die Tanzfläche füllt sich wieder. Der Refrain wird inzwischen nicht mehr mitgesungen, er wird Jump Around artig hüpfend rausgebrüllt.

Alles schön und gut, denke ich in einer ruhigen Sekunde, zumal ich aktuell jemanden kennengelernt habe, mit dem ich eine Never Ending Story schreiben möchte. Das Problem ist nur: Ich bin gerade in Hamburg, sie ist in Berlin. Wie gut, dass ich das Telefon erfunden habe.

Ich wähle ihre Nummer, lege das Mobiltelefon neben die Box und tanze und brülle weiter. Nach circa zwanzig Sekunden lege ich auf. Ohne irgendetwas zu erwarten. Wir haben uns gerade drei, vier Mal gesehen und ich werde sie mit meinem Anruf aus dem Schlaf gerissen haben. Sie wird vermutlich kaum den Text verstanden haben und ich schätze, es ist eh nicht ihre Musik. Doch kaum ist mein Telefon in der Tasche meiner Jeans verschwunden, vibriert es auch schon.

SMS.

Gespannt wie ein Vierzehnähriger, dessen zweiunddreißigjährige Nachhilfelehrerin kurz davor ist, ihre Monstermöpse blank zu ziehen, klappe ich mein Mobiltelefon auf und kann nicht glauben, was ich da lese:

«Never Ending Story for u and me». Wie gern wär ich jetzt bei dir! Fallin' in love with u ...»

«Fallin' in love with u?» Ach, was? Echt? Das ist ja so was von «Yeah». Das ist der Moment, in dem mir bewusst wird, endlich mal wieder einen Volltreffer gelandet zu haben.

Es gab mal eine Zeit, in der ich Menschen, die Bekanntschaften im Netz schlossen, belächelte. Für mich waren das Verlierer, die auf der freien Wildbahn nichts rissen. Heute sehe ich das, wie ihr euch vorstellen könnt, anders.

Wo ich Leyla kennengelernt habe? Na, wo wohl? Bei Facebook natürlich.

Ihr Profilbild brachte mich nicht gleich zum Sabbern, aber es gefiel mir. Oberflächlich betrachtet entsprach Leyla erstmal so gar nicht meinem typischen Beuteschema. Weder Rock 'n' Roll noch Punkrock, nicht tätowiert, nicht gepierct, keine fünfundzwanzig, sondern fünfunddreißig Jahre alt. Offen gesagt: Ich hielt sie für todlangweilig. Im Bett und anderswo. Ihr einziges Laster schien das Rauchen von Zigaretten zu sein. Sie trank noch nicht einmal Alkohol. So stand es zumindest auf ihrem Profil. Gut, ich war jetzt auch nicht auf der Suche nach einer Crackhure, aber die Erfahrung lehrte mich, dass vollkommen abstinent lebende Frauen einfach nicht rocken.

Doch in ihrer mutmaßlichen Spießigkeit lag auch ein Reiz, so wie in jeder halbwegs hübschen Frau irgendein Reiz liegt. Mit ihrer zurückhaltenden Art unterschied sie sich nämlich von all den anderen potenziellen Facebook-Fickschlampen. Bei denen geht es spätestens nach der ersten Mail um das Eine. Nicht so bei Leyla. Sicher, auch ihr schrieb ich ein paar Anzüglichkeiten, aber eher aus Neugierde, wie so eine Frau darauf reagieren würde.

Sie reagierte cool, was den Reiz, sie ficken zu wollen, erhöhte, mehr aber auch nicht. Unsere spärliche Konversation ging eigentlich nie wirklich in die Tiefe. Und damit blieb sie eine von vielen.

Dann rief sie mich zum ersten Mal an. Es war kurz nach Mitternacht und ich wunderte mich, wer so spät noch anrief, zumal die Nummer mir nichts sagte.

«Hey, hier ist Leyla.»

«Hey, Leyla, schön von dir zu hören, wie geht's dir, Süße?»

Selbstverständlich hatte ich keine Ahnung, wer Leyla war. Sie erzählte ein wenig, allerdings nichts, aus dem ich hätte schließen können, wer zum Teufel da gerade mit mir sprach. Nach einer guten Minute wusste ich nicht mehr, was ich mit dieser Unbekannten besprechen sollte.

«Leyla, pass auf: Ich möchte nicht, dass wir beide dumm sterben. Deshalb frage ich dich ganz offen: Wer bist du?»

«Das ist jetzt nicht dein Ernst.»

«Doch, doch, leider ja.»

«Leyla, Mensch, deine Facebook-Freundin.»

«Ach, meine Facebook-Freundin. Gut, dass ich nur eine hab, nun bin ich schlauer.»

«Deine syrische Facebook-Freundin.»

«Oh, entschuldige, Leyla. Weißte, ich hab dich in meiner Telefonliste nicht unter Leyla, sondern unter FB-Syrien, deshalb kam ich nicht gleich drauf ...»

«Jetzt bin ich beleidigt.»

«Bist du gar nicht.»

«Ein bisschen schon.»

«Das tut mir leid, Süße. Scheiße, Mensch, dabei hatte ich gerade vorhin noch an dich gedacht ...»

«Echt? An was genau?»

«Ich fragte mich, ob du wohl so heiß sein würdest, mir einen lang gehegten sexuellen Wunsch zu erfüllen.»

«Der da wäre?»

«Ich würde gern einmal mit einer Muslimin schlafen.»

«Das ist alles?»

«Moment, ich möchte, dass sie dabei ein Kopftuch trägt.»

«Das ist eine Todsünde, dafür komm ich in die Hölle.»

«Wollen wir da nicht alle hin?»

«Haste auch wieder recht.»

Die Vorstellung, eine Sünde zu begehen, und dann noch eine, nach der ich schon seit Monaten gierte, ließ Leyla zusehends interessanter werden. Nicht so interessant, dass ich mich nicht vorher noch mit einigen anderen getroffen hätte, aber eben interessanter. Vielleicht lag's auch daran, dass sie in meinen Augen immer noch kein sicherer Fick war. Eigentlich wusste ich überhaupt nicht, was so eine Frau von mir wollte.

Ein paar Wochen später, ich steckte mitten in meiner «Ich knall alles, was geknallt werden will und nicht wie Dresden '45 aussieht»-

Phase, kam ich gerade von einer Facebook-Freundin aus Neukölln. Ich hatte mit der Frau bereits drei Mal gefickt und mir war klar, dass ich dringend etwas Neues brauchte, denn mehr als drei Mal mit einer Frau zu schlafen, in die ich nicht verliebt war, gab mir inzwischen keinen Kick mehr. Also schrieb ich Leyla eine SMS:

«Ich möchte mit dir schlafen.
Heute Nacht.
Oliver.»

Wie sie wohl reagieren würde? Gar nicht, erst am nächsten Tag rief sie an, entschuldigte sich, sie sei gerade auf einer Demonstration gewesen, als meine SMS eintraf. Sie war also in einem komplett anderen Film und hätte deshalb nicht gleich reagieren können. Ziemlich cool, eine Frau, die ich noch nie zuvor gesehen hatte, entschuldigte sich, weil sie auf eine «Komm schon, Baby, fick mich»-Ansage nicht gleich reagiert hatte.

Hach, was war ich doch für ein Held. Wir sprachen bestimmt eine Stunde. Ich erzählte ihr, was bei mir so lief, dass mir die Rumfickerei zum Hals raushing. Ich sprach mit ihr wie mit einem Freund und nicht wie mit einer potentiellen neuen Freundin.

Deshalb verwunderte mich ihr nächster Satz: «Mit zehn Facebook-Schlampen nehme ich es problemlos auf, aber nicht mit einer, für die du mehr empfindest.»

Aha. Sie wollte also mehr von mir. Wieso bloß? Vielleicht weil sich Gegensätze anziehen und mein Leben der komplette Gegenentwurf zu ihrem war? Oder hatte ich sie schlicht falsch eingeschätzt? Das wollte ich rauskriegen und ich erfuhr Ungeheuerliches: Leyla war ein ganz schlimmes Mädchen. Sie hatte sogar mal eine Weile im Insomnia-Fetisch-Klub, wo die Barfrauen gern mal unten ohne rumlaufen, an der Bar gearbeitet. Ein ganz, ganz schlimmes Mädchen also.

Schlimmer als ich, behaupte ich mal. Sex, Drugs und Rock 'n' Roll – Electro in ihrem Fall – waren bis vor einigen Jahren ihre besten Freunde gewesen.

Das gefiel mir. Eine Frau, die immer noch feiert bis der Rauch aufsteigt, wäre mein Untergang. Für so eine Frau bin ich zu labil. Ich habe nämlich einen Sprachfehler und kann nicht «nein» sagen. Aber eine Ehemalige, die weiß, wie das Leben funktioniert, und vielleicht ab und an mit mir das eine oder andere Dach in Brand setzt, wäre genau die Richtige.

Aber obwohl sie mir Geschichten aus ihrer Vergangenheit erzählte, die mir die Schamesröte ins Gesicht trieben, hatte sich meine ursprüngliche Einstellung ihr gegenüber so sehr manifestiert, dass ich nach wie vor glaubte, sie sei nur eine von vielen. Das änderte sich erst, als wir uns am Telefon ein bisschen näherkamen. Na ja, eigentlich änderte es sich erst, als sie mir folgende Frage stellte:

«Du willst mich doch bestimmt in den Arsch ficken, richtig?»

«Ähhh ... Ja, verdammt!»

«Oh, ich bring dich um, wenn du das nicht gut machst.»

Ich bring dich um, wenn du das nicht gut machst. Das saß. Das war was für mich.

Und das kleine Miststück hörte nicht auf. Ich war eh schon kurz vorm Explodieren, als sie mir erzählte, dass sie es sich neulich unter Dusche mit dem Gedanken an mich gemacht hatte und dabei einen Monsterabgang hatte.

«Erzähl mir mehr! An was hast du dabei genau gedacht?»

«Dass du zu mir kommst, kein Wort sagst, mich packst, aufs Bett schmeißt und mich mit deinem dicken Schwanz – du hast doch einen dicken Schwanz, oder? Oh, ich bring dich um, wenn du keinen hast – so richtig hart durchfickst.»

Jetzt wurde ich gierig. Allerdings nur auf ihre Muschi, die wollte ich haben.

Leyla selbst blieb für mich ein Fick. Ein sicherer inzwischen, aber eben nur ein Fick.

Deshalb war ich ziemlich entspannt, als ich mich am folgenden Donnerstag auf den Weg nach Kreuzberg machte. Das Einzige, was mir ein bisschen Sorge bereitete, war, dass ich an dem Abend alles andere als gut gefüllt war.

Das ist bei mir nichts Ungewöhnliches. Durch meine Selbstständigkeit habe ich mal sehr viel, mal sehr wenig Geld, ernähre mich abwechselnd von Kaviar und Fensterkitt. Damit habe ich, solange ich allein lebe, auch kein Problem. Klar, ich hätte mir irgendwo etwas leihen können, aber das hätte Stress bedeutet, und nach Stress war mir an dem Tag nicht. Wieso auch? Schließlich hatte ich einen 1a-Finanzierungsplan für das Date ausgearbeitet. Für diesen Plan standen mir schlappe zwanzig Euro zur Verfügung. Ich wusste, dass Leyla nicht trinkt und ich nahm mir daher vor, an dem Abend auch nichts zu trinken. Was ich mir schönredete, indem ich mir sagte, dass es meiner Potenz nur guttun würde.

Also hatte ich genug Geld für je vier Apfelsaftschorlen und bis dahin musste ich sie rumgekriegt haben. So weit die Theorie.

Erst als ich den Klingelknopf drückte, verließ mich meine Coolness. Wie sie wohl ausschaut? Und vor allem: Wird sie mich mögen?

Und dann ging die Tür auf ...

Ein Mensch braucht drei Sekunden, um sich zu verlieben, so lange brauchte ich nicht. Einmal kurz gescannt und ich war verloren. Da waren erst einmal ihre Augen. Riesig und tiefdunkel funkelten sie wie glimmende Glutnester. Ihre Wangen, nein, ich finde, ihre Bäckchen passt besser, also, ihre Bäckchen waren vor Aufregung leicht gerötet. Und dann war da noch ihr Mund, der voll und perfekt gezeichnet Küsse versprach, die sich, da war ich mir absolut sicher, wie zwei samtige Rosenblätter anfühlen würden.

Sie war nicht der Mensch, den ich von ihren Fotos kannte. Bei Gott, nein, hätte ich geahnt, wie sehr sie mir gefällt, hätte ich mich doch bereits viel früher mit ihr getroffen.

«Hey», sagte ich, während ich zu lächeln versuchte, um mir meine Verwirrtheit nicht anmerken zu lassen.

«Hey», erwiderte sie und schenkte mir dabei ein umwerfendes und von kecken Grübchen angefeuertes Lächeln.

Es gibt Dinge, die man auf Fotos einfach nicht sieht, die Ausstrahlung eines Menschen gehört dazu. Davon hatte Leyla so viel wie ein Kernkraftwerk mit einem Leck. Da war so viel gütige Wärme, so viel reizende Selbstsicherheit und, ganz wichtig, so viel prickelnde Erotik.

Sie machte zwei, drei Schritte auf mich zu. Ihre zierlichen Brüste wippten dabei wie ein frisch geschlüpfter Schmetterling. Ihre Knospen schienen zu tanzen - einen Stangentanz, nur für mich.

Sie gab mir einen Kuss auf die Wange, der mir die Gelegenheit gab, ihren Körper ein wenig näher kennenzulernen. Sie roch so gut, nach Kakaobutter oder irgendetwas in der Art, was so schön zu ihrem goldbraun schimmernden Hautton passte. Ich umarmte sie und ihre mädchenhaften Formen gaben mir den Rest.

Ich sterbe für schlanke Frauen. Und Leyla war verdammt schlank, aber nicht so dünn, dass sie mit Skiern duschen müsste, um nicht durch den Abfluss gesogen zu werden. Und für so eine Frau bringst du läppische zwanzig Euro mit? Scheiße, Scheiße, Scheiße! Wo war das scheiß Loch, in dem ich schon mal prophylaktisch versinken konnte?

«Wollen wir etwas Essen gehen?», hörte ich sie fragen. Oh, Gott.

«Äh, entschuldige, was hast du gesagt?»

«Ob wir etwas Essen gehen wollen? Ich hab zwar gerade schon gegessen, aber du bist doch bestimmt hungrig.»

«Ja, sicher, warum nicht.»

Ja, sicher, warum nicht?! Was redest du denn da, Mann? Warum hast du denn nicht einfach gesagt, du hättest keinen Hunger? Essen gehen, mit zwanzig Euro, das war das Ende.

Wie konnte ich mich nur aufs Essengehen einlassen? Vielleicht hing es damit zusammen, dass ich tatsächlich großen Hunger hatte, und wusste, wenn ich ordentlich unterzuckert bin, fängt meine rechte Hand zu zittern an, was auch nicht gerade sexy ist.

Allerdings hasse ich Essengehen beim ersten Date grundsätzlich, weil ich nicht gerade ein Künstler bin, was den Umgang mit Messer und Gabel angeht. Das Ganze hat daher für mich etwas Loriot artiges und ist mir unangenehm. Deshalb: bloß keine Nudeln, bloß keinen Salat, also Asiatisch.

Den Glutamat-Chinesen in der Oranienstraße, den ich vorschlug, redete sie mir aus, und wir gingen zum Vietnamesen einen Block weiter. Es war eine laue Sommernacht, daher konnten wir draußen sitzen.

Der Kellner war schwer zu verstehen. Da ich kein Fleisch esse, sollte es Fisch sein, und er schlug Lotbalsch vor. Dieser Fisch war mir bislang unbekannt, erst ein Blick in die Karte machte mich schlauer, Rotbarsch also. Dazu eine Apfelsaft-Schorle und für sie eine Mangomilch.

Es fiel mir nicht leicht, mich auf unser Gespräch zu konzentrieren, da ich sie laufend grenzdebil anglotzen musste. Meine Selbstsicherheit, aus unzähligen Verabredungen gestählt, war dahin. Zumal ich den Eindruck hatte, dass nur ich aufgeregt sei. Das änderte sich erst, als Leyla mir gestand, sie wäre seit langer Zeit mal wieder vor einem Date aufgeregt gewesen. Weiter sagte sie, sie hätte eigentlich nie Verabredungen dieser Art, und ich fragte nicht weiter nach, da ich mir schon vorstellen konnte, wie es sonst ablief:

Klub, trinken, tanzen, ficken. Und das wären für mich definitiv zu viele Informationen gewesen, die auch noch gegen meine Regel - ich darf Fickgeschichten erzählen, sie nicht - verstoßen hätten.

Der Fisch kam und ich bat Leyla, mich nicht beim Essen zu beobachten, da mich das nur noch mehr verunsichern würde. Ich las in ihrem Blick, dass sie mir den scheuen Jungen nicht abkaufte. Ich solle nicht so schüchtern tun. Wahrheitsgemäß antwortete ich, dass ich mich vollkommen authentisch gäbe, sie fasziniere mich nur jetzt schon, das sei es, was mich verunsichere.

Dieses Kompliment verunsicherte nun wiederum sie. Bislang hatte sie meinen bohrenden Blicken standhalten können, aber jetzt wusste sie gar nicht, wo sie hinschauen sollte.

Gott, war das niedlich!

Und dann kam die Rechnung. Mit Trinkgeld, ich hatte es ja, dreizehn Euro. Also waren noch sieben übrig. Okay, jetzt cool bleiben. Noch war nichts verloren, musste ich sie halt nur drei Apfelsaftschorlen früher auf den Rücken kriegen.

Moment mal: Auf den Rücken kriegen? Wollte ich das überhaupt? Eigentlich nicht. Eigentlich mochte ich die Frau bereits so sehr, dass ich mir Zeit lassen wollte. Beim ersten Date zu ficken, kann ein echter Killer für die Beziehung sein. Es nützte aber nichts, denn die Blöße, beim ersten Date blank zu sein, wollte ich mir einfach nicht geben.

Es gab zwei Möglichkeiten, so Leyla. Die Bar Luzia direkt gegenüber oder die Ankerklause, schöner, weil direkt am Wasser gelegen, aber ein Stückchen weiter weg. Das klang gut. Ich gehe gern mit Frauen spazieren, außerdem gewann ich dadurch Zeit und konnte ihr näherkommen, ohne Geld auszugeben.

Wir waren schon fast da, als sie sagte: «Heute ist Donnerstag, schätze, wir müssen Eintritt bezahlen.»

Wusch! Eintritt bezahlen, eh nicht so mein Ding. Nicht, dass ich geizig wäre, aber in Hamburg musste ich eigentlich nie bezahlen, da kannte man mich. Aber Berlin ist Berlin und hier müssen sie mich erst noch kennenlernen.

Ach, Scheiße, *wovon* sollte ich den Eintritt bezahlen?

Das war die große Frage, die sich jedoch schnell klärte, da Leyla vorging und sechs Euro für uns beide bezahlte. Puh! Die Ankerklause ist eigentlich nur eine abgerockte Kneipe, die ihren Charme aus ihrer Wasserlage und der guten Publikums- und Musikmischung zieht. Die Kaltgetränke sind gut eingeschenkt, das wusste ich, weil ich vorher bereits zweimal dort war. Aber egal, ob viel oder wenig Wodka, das hatte mich heute nicht zu interessieren.

Oder etwa doch?

Zielstrebig steuerte Leyla die Bar an. Die Bar, was wollte sie da nur? Die Bar war der Feind! Heute Nacht zumindest.

«So, was trinken wir?»

Sie meinte Alkohol. Ich hörte es an ihrer Tonlage, ich sah es in ihren blitzenden Augen. Sie wollte trinken, ach was, sie wollte saufen.

Scheiße, ich war erledigt.

«Äh, weiß nicht, was möchtest du denn trinken? Und, äh, wieso überhaupt, dachte, du trinkst gar nicht?»

Die Frage hätte ich mir sparen können, ich kenne das schon, ich habe irgendetwas an mir, was die dunklen Seiten meiner Mitmenschen herauskitzelt.

«Ja, aber heute schon, zur Feier des Tages, verstehste?»

Klar, verstand ich. Zur Feier des Tages dieses oder jenes zu tun, habe ich schließlich erfunden. Tja, das war's dann wohl. Die Party war vorbei.

Oder? Denk nach, denk nach, denk nach! Welche Alternativen hatte ich? Ich könnte eine Ohnmacht vortäuschen, oder ein bisschen kleiner, Unwohlsein vorschieben. Einen trockenen Alkoholiker? Nee, den kauft sie mir eh nicht ab. Oder aber, ich könnte die Hosen runter und den Abend von ihr sponsern lassen. Scheiße, bei fast jeder anderen Frau hätte mich das ein Schulterzucken gekostet, aber bei Leyla doch nicht.

Und was, wenn sie gar nicht genügend Geld dabeihat? Was, wenn sie mich fragt, ob ich den Verstand verloren hätte, mit so wenig Geld eine Frau ausführen zu wollen?

Dann wird's erst richtig peinlich.

«Gibt's ein Problem?»

«Ein kleines. Komm mal bitte kurz mit raus.»

«Na, was gibt's? Was willst du mir sagen, was du mir nicht auch drinnen hättest sagen können?», fragte Leyla mit blitzender Neugier im Blick.

«Weißte, es ist mir ein bisschen unangenehm, deshalb mach ich es kurz und schmerzlos: Leih mir mal bitte einen Fünfziger.»

«Äh, wie bitte?»

«Lass uns keine große Sache draus machen, leih mir einfach fünfzig Euro und die Party kann weitergehen.»

«Willst du Koks kaufen? Falls ja, würde ich das für keine gute Idee halten.»

«Ho, ho, ho! Da hat aber jemand aufmerksam meinen Blog gelesen. Nein, ich kann dich beruhigen, ich möchte kein Kokain kaufen, ich möchte dir nur ein paar Drinks ausgeben, mehr ist nicht.»

«Aber ich kann dich doch auch einladen. Wo ist das Problem?»

«Negativ. Das kann ich nicht zulassen. Was wäre ich für ein Mann, wenn ich dich beim ersten Date bezahlen lassen würde?»

«Und was bist du für ein Mann, der eine Frau beim ersten Date um fünfzig Euro anpumpt?»

Eine gute Frage. Eine, die zickiger klingt, als Leyla sie rüberbrachte.

«Ein lässiger Mann, ein äußerst lässiger sogar. Wer außer mir würde sich so etwas trauen?»

Leyla grinste, fingerte einen zerknitterten Fünfzig-Euro-Schein aus ihrer kleinen Jeansminirocktasche und steckte ihn mir wortlos in meine Hosentasche.

Oh, ich mag Frauen, die ihr Geld so aufbewahren. Das hat so etwas Untussihaftes, und es passte zu Leyla, die noch nicht einmal eine Tasche dabei hatte. Eine Frau ohne Tasche, Gott, ist das lässig!

Während Leyla mir den Geldschein wortlos in meine Hosentasche steckte, wurde ihr Grinsen dreckiger und sie kam meinem Schwanz gefährlich nahe.

Das war der Moment, in dem ich wusste, dass wir noch in dieser Nacht miteinander schlafen würden, und das war auch der Moment, in dem ich wusste, dass der Sex gut, also schmutzig, würde. Sicher, wir hatten uns noch nicht einmal geküsst, und eigentlich wollte ich diese großartige Frau ja auch nicht in der ersten Nacht ficken, aber ich wusste in diesem Moment, dass es kein Zurück mehr gab. Und das fühlte sich ziemlich scharf an.

Wir gingen wieder rein, direkt an die Bar.

«Was möchtest du trinken, Traumfrau?»

«Traumfrau?»

«Ja, was denn sonst?»

«Okay ... Also die vermeintliche Traumfrau ist sich unschlüssig, da Alkohol nicht zu ihren bevorzugten Drogen gehört ...»

«Hört, hört!»

«Ja, ja ... Was trinkst du denn sonst so?»

«Ich mag eigentlich auch keinen Alkohol, deshalb trinke ich meist Wodka-Ananassaft, eine leckere Sache, bei der man den Alkohol nicht so rausschmeckt.»

«Bin dabei!»

Wie unkompliziert, schön.

Mit zwei Longdrinkgläsern bewaffnet setzten wir uns auf die Terrasse, die traumhaft schön direkt am Wasser lag. Es war bereits dunkel, aber immer noch angenehm warm.

Wir prosteten uns zu und sahen uns dabei tief in die Augen. Da war er wieder, dieser magische Blick kurz vor dem ersten Kuss. Dieser Blick, den ich so liebe, weil er sich anfühlt, als bliebe für einen kurzen Moment die Welt stehen. Es sollte nicht der letzte Blick dieser Art bleiben, denn zum Kuss kam es erst mal nicht.

Unsere Unterhaltung hatte diesen gewissen Flow, den gute Unterhaltungen haben müssen. Es gab keine peinlichen Gesprächspausen, und falls es doch mal eine gab, fühlte sich die nicht peinlich, sondern fast innig an. Wir begannen mit den Standards aus der Popkultur. Musik, Film, diese Sachen. Für Musik würde sie sterben, sagte Leyla. Wenn sie erst mal begonnen hätte zu tanzen, würde sie zu den Menschen gehören, die man morgens aus dem Laden fegen müsse. Das klang gut.

Leider gehörte sie auch zu den Frauen, die sich weder Musik- noch Filmtitel merken konnten, eine Sache, die ich eher weniger mag, denn diese Frauen hören normalerweise Radio Energy und sterben für gar nichts. Doch Leyla war irgendwie anders. Sie passte nicht in mein Klischee dieser Frauen, stattdessen passte es einfach zu ihrer Verpeiltheit, die zwischendurch immer mal wieder durchkam.

Als sie jedoch begann, mir von einem früheren Fick zu erzählen, musste ich sie unterbrechen. Vergangenheit hin oder her, verliebe ich mich in eine Frau, möchte ich in der ersten Zeit nichts von Massenbesamungen oder ähnlichem Zeug hören. Ich verbat mir also alle Geschichten, die in einem kausalen Zusammenhang zum Ficken von anderen Männern standen.

Leyla guckte ein wenig verstört, als ich das sagte. Meine Sensibilität passte augenscheinlich nicht in das Bild, das sie aufgrund meines Blogs von mir hatte.

«Tja, ich bin halt ein facettenreicher Typ.»

«Ja, aber das ist doch alles schon verdammt lang her. Und selbst wenn nicht, es ist meine Vergangenheit. Wie kann die dir wehtun, vor allem, wo wir uns gerade erst vor ein paar Stunden kennengelernt haben?»

«Aus Gründen.»

«Aus Gründen?»

«Ja, aus Gründen. Aus Gründen, auf die ich jetzt nicht näher eingehen möchte.»

«Nun bin ich aber neugierig.»

Frauen sind nicht «nun», Frauen sind «immer» neugierig.

«Warum müssen Frauen nur immer so neugierig sein?»

«Aus Gründen.»

Guter, weil lustiger Konter, der eine Antwort verdiente. «Nun gut, also es ist so: Als du mir das gerade eben erzählt hast, bekam ich den berühmt-berüchtigten Stich in den Magen. Warum? Weil ich dich von Minute zu Minute mehr mag.»

«Aber das ist doch schön, also nicht der Stich, aber dass du mich magst.»

«Finde ich auch.»

«Und wo ist dann das Problem?»

«Es ist ganz einfach. Du kennst doch den Spruch: Mann sucht achtzehnjährige Jungfrau mit achtjähriger Betterfahrung.»

«Bisher noch nicht.»

«Jetzt kennst du ihn. Was ich meine ist: Ja, wir wollen Schlampen im Bett, aber auch nur in unserem Bett. Mit Mädchen, die vorher schon Schlampen waren, wollen wir nicht befreundet sein, die wollen wir nur ficken, verstehste?»

«Hm, nicht so richtig.»

«Schau, ich weiß doch, dass du nicht nur eine Drecksau bist, wobei Drecksau hier übrigens ein Kompliment ist, sondern auch, dass du bereits vor mir eine warst. Und das ist ja auch gut so, sonst wärest du nicht so, wie du bist. Nichtsdestotrotz muss ich mir deine alten Fickgeschichten nicht en détail geben. Außer beim Sex übrigens, beim Sex kannst du mir alles erzählen.»

«Gut zu wissen», sagte Leyla mit einem lässigen Augenzwinkern.

Nun verstand sie. Leyla war nicht so sensibel wie ich. Mit meinen Fickgeschichten hatte sie keine Probleme. Ich erzählte ihr daher alles, was mir in meinen ersten Berliner Monaten so passiert war. Dass ich den Abend mit ihr auch deshalb so genoss, weil ich in letzter Zeit kaum rauskam, da ich mir die Facebook-Mädchen nach Hause bestellte wie eine Pizza.

Ein paar Tische weiter saß ein Pärchen. Sie Anfang zwanzig, leidlich heiß, er Mitte dreißig und ein ziemlicher Abturner. Leyla beobachtete das Mädchen schon eine ganze Weile immer mal wieder, als ich sagte: «Na, gefällt sie dir?»

«Sehr sogar.»

«Sie mag dich auch. Immer wenn du nicht in ihre Richtung schaust, giert sie dich an.»

«Was sagt uns das?»

«Aktuell gar nichts, aber auf lange Sicht sagt es, dass wir beide noch viel Spaß miteinander haben werden.»

Leyla grinste. Und dann kam der Blick wieder. Langsam sollte ich sie küssen. Ich umfasste ihren Hals, zog sie an mich heran und unsere Lippen berührten sich bereits fast, als ich sie wieder losließ. Nein, ich wollte sie noch nicht küssen. Ich wollte noch ein paar Mal diesen Blick genießen. Es war so ein bisschen, wie einen Orgasmus hinauszuzögern.

Es war Zeit für die nächsten Drinks. Eine gute Gelegenheit die Tanzfläche anzusteuern, meinte Leyla. Ich meinte das nicht, wollte aber kein Spielverderber sein. Man soll es nicht für möglich halten, aber so cool, wie ich oft tue, bin ich gar nicht. Wenn es ums Tanzen geht beispielsweise, bin ich sogar ziemlich schüchtern. Unter zwei Promille geht da bei mir gar nichts. Mit dem Tanzen ist es bei mir ähnlich wie mit dem Essen, beides nichts fürs erste Date. Das Dumme war nur, dass der DJ oberflächlich betrachtet meine Musik auflegte, Sixties also.

«Hey, ist das nicht deine Musik? Tanzt du?»

Scheiße, ich wusste es. Ich versuchte, meine Unsicherheit abzuschütteln, indem ich das ganze Glas Wodka-Annanassaft auf einmal runterstürzte.

Ich wischte mir den Mund ab und sagte: «Moment, ich muss erst mal für ordentliche Musik sorgen.»

Es war nämlich gar nicht meine Musik, außerdem wollte ich Zeit gewinnen. Der Plattenaufleger, der Vinyl auflegte, da das in Berlin sonderbarerweise immer noch als Zeichen von Coolness gilt, war ein Paisley-Mod. Und genau so legte er auch auf. Dazu nur eines: Wenn ich nie wieder *My Generation* von The Who hören muss, werde ich als glücklicher Mann sterben.

Ich tat also, was jeden DJ nervt, und wünschte mir ein Lied. Kein bestimmtes, einfach nur etwas Doo Wop artiges. Vielleicht Dion mit *Runaround Sue*, ein Lied, das jeder zweite Sixties-DJ dabeihat. Er müsse mal schauen, irgendetwas in dieser Richtung würde er schon finden, meinte er. Würde er nicht. Ich wusste, was kommen würde, er würde glauben, Doo Wop aufzulegen, aber es wird kein Doo Wop sein. Dafür gefiel mir seine Musik jedoch zusehends besser. Er war vom Beat zum Sixties-Soul gewechselt und der Rausch vom Wodka tat sein Übriges.

Ich begann, mich im Takt der Musik zu bewegen, versuchte es zumindest.

«Hey, das musst du mir unbedingt beibringen, ich will zu deiner Musik tanzen können», sagte Leyla überschwänglich. Ich wusste nicht so wirklich, wovon sie sprach. In Wahrheit kann ich nämlich gar nicht tanzen, sondern tu nur so als ob. Aber ihre Begeisterung für meine Musik, die nicht gespielt schien, zauberte mir ein Lächeln ins Gesicht.

Als ich später von der Toilette kam, sah ich in der Ecke der Tanzfläche etwas auf dem Boden liegen, was nach einem Geldschein aussah. Da musste ich hin! Geld konnte ich immer gebrauchen und heute

Nacht erst recht. Es war ein Zwanziger. Ich sicherte ihn mir erst mal, indem ich drauftrat, dann hob ich ihn so unauffällig, wie man nach vier Wodka sein kann, auf.

«Hier, jetzt schulde ich dir nur noch dreißig.»

«Huch, wo kommt der denn her?»

«Ach, ich hab 'nem Typen auf der Toilette einen geblasen. Er wollte mir erst nur einen Zehner geben, aber ich meinte, für 'nen Zwanziger würde ich alles runterschlucken, da hat er noch mal 'nen Zehner draufgepackt.»

«Du spinnst.»

«Weiß man's?»

Sie lachte. Was gut war. Frauen, die über meinen Humor nicht lachen können, haben es noch nie in mein Buch der coolen Leute geschafft.

Und dann kam der Doo Wop-Song. Oder besser der Song, den der DJ für Doo Wop hielt. Es war Highschool-Rock 'n' Roll. Und eine gute Wahl. Johnny Prestons *Cradle Of Love* rockt in Klublautstärke immer. Inzwischen war ich bestimmt auf drei Promille. Und genauso wie ich mir in diesem Zustand einbilde, gut Englisch sprechen zu können, glaubte ich auch, ich könne tanzen.

Zeit für richtigen Rock 'n' Roll, also Paartanz. Meine Ex-Freundin Lisa war eine kleine Meisterin darin und sie hatte mir eine Sache beigebracht, mit der ich bei einem Mainstream-Publikum immer durchkam: Man muss nur die Arme immer auf Spannung halten.

Ich ergriff Leylas Hände und legte los, zog sie an mich ran, stieß sie wieder ab und spätestens bei meinen ersten Drehungen muss sie geglaubt haben, es mit einem echten Profi zu tun zu haben. Dass ich in diesem Leben noch mal mit Tanzen punkten könnte, hätte ich mir auch nicht erträumt.

The Kings und ihr *All Day And All Of The Night* vertrieben uns schließlich von der Tanzfläche. Es war ein verdammt guter Abend, jetzt schon. Und nicht nur für mich. Auch Leyla wirkte glücklich. Sie schien so ein typisches Gute-Laune-Mädchen zu sein, immer fröhlich, immer ein Lächeln auf den vollen Lippen, großartig. Ich bestellte den fünften Wodka, der Barmann war inzwischen mein bester Freund geworden, da er mir fast nur noch Fünfzig-Fünfzig-Mischungen ausschenkte. Wir standen an einem kleinen Stehtisch in der Ecke der Tanzfläche, tranken, und ja, der Blick kam auch wieder, abermals ohne Umsetzung. Ich wurde zusehends heißer auf Leyla.

«Ey, weißte, was jetzt echt cool wäre? So zur Abrundung?»

«Natürlich weiß ich das.»

Ich pokerte. Ich ahnte nur, was sie meinte. Harte Drogen nahm sie nicht mehr, deshalb konnte sie «zur Abrundung» eigentlich nur Gras meinen.

«Woher willste das wissen, Mann?»

«Weil wir uns ähnlich sind, deshalb.»

Ich zog einen kleinen Beutel Gras aus meiner Hosentasche und ließ ihn vor ihren Augen wie ein Foucaultsches Pendel baumeln.

«Das ist nicht wahr, oder? Du bist ja geil.»

«Sag ich doch die ganze Zeit.»

«Drehste uns einen?»

«Nein.»

«Wie?» Die großäugige Enttäuschung im Blick erinnerte an ein kleines Mädchen, das sich irrigerweise bereits sicher war, an der Supermarktkasse ein Überraschungsei zu bekommen.

«Hab nur noch drei Gramm, die reichen gerade mal für mich. Was nützt es, wenn wir beide nur halb breit würden?»

Jetzt war sie sprachlos. Augenscheinlich wusste sie nicht, ob ich es ernst meinte oder sie verarsche.

«Reingefallen! Pass auf: Es rockt einfach nicht, breit den dann doch relativ langen Weg nach Hause zu gehen. Wir werden das Gras bei dir rauchen. Ganz entspannt, verstehste?»

«Ach ja? Wer sagt dir denn, dass ich dich mit zu mir nehme?»

«Die Frage stellt sich für mich nicht.»

«Soso, tut sie das nicht, und wieso nicht, wenn ich fragen darf?»

«Hey, lass uns das jetzt nicht zerreden.»

Hatte ich mich etwa geirrt? Wollte sie mich vielleicht gar nicht? Na, nur nichts anmerken lassen.

«Ich möchte einfach nur wissen, warum du dir so sicher bist, dass ich dich mitnehme. Es kommt nämlich äußerst selten vor, dass ich einen Mann in meine Wohnung einlade.»

«Mag sein, aber es ist ganz einfach: Zu mir können wir nicht gehen. Erinnere dich an die Frau, von der ich dir erzählte, die Frau, die vor Ekstase den halben Plattenbau zusammenschrie. Noch so eine Nacht und ich verliere meine Wohnung.»

«Moment mal, es wird ja immer besser. Du gehst also nicht nur davon aus, dass ich dich mitnehme, du gehst auch davon aus, dass wir Sex haben werden. Und dann gehst du auch noch davon aus, dass ich vor Ekstase schreien werde, weil es mir Mister Superficker aber mal so richtig gut besorgt.»

«Ganz genau.»

«Du bist echt unfassbar.»

«Ich weiß. So. Wollen wir los?»

Wortlos schenkte sie mir ihr scharfes Grinsen und zog mich am Arm aus dem Laden.

Geküsst hatten wir uns immer noch nicht, was mich freute, denn so konnte ich sieben Mal meinen Lieblingsblick genießen und unser erster Kuss würde der Startschuss in den ersten Fick, besser konnte es nicht laufen. Während wir zu ihr liefen, berührten sich unsere Hände ganz zufällig, was ich zum Anlass nahm, ihre Hand zu halten. So gingen wir also wie ein echtes Liebespaar durch das nächtliche Kreuzberg. Gott, fühlte sich das gut an.

Als wir bei ihrem Mietshaus aus der Gründerzeit ankamen, nahm ich Leyla in den Arm und sagte: «Es war ein wunderschöner Abend. Und weißt du, was das Schönste an dem Abend ist?»

«Sag du's mir.»

«Er ist noch nicht zu Ende.»

Leyla drehte den Schlüssel rum, ich drückte die Tür auf. Ich wollte sie, ich wollte sie so sehr, und ich war mir sicher, dass es ihr genauso ging. Warten, bis wir oben waren? Nicht in dieser Nacht. Es war höchste Zeit für meine Michael Douglas in «Basic Instinct»-Performance.

Ich packte sie fest an den Hüften, drückte sie gegen die Wand des Hausflurs, schob meine Hand unter ihren Jeansminirock, der mich schon den ganzen Abend verrückt gemacht machte. Leyla riss den Kopf zurück und schloss die Augen.

Ich war so betrunken und so gierig auf diese Frau, dass ich aufpassen musste, nicht übers Ziel hinauszuschießen. Hirn an Zunge: Hubschrauberflug einstellen, Motor aus, umschalten auf Gleitflug.

Da war er also, der erste Kuss. Das Warten hatte sich gelohnt. Ihre Lippen waren so weich und gekonnt erforschte sie mit ihrer Zunge meinen Mund. Ja, er schmeckte lecker, dieser erste Kuss schmeckte unfassbar lecker.

«Lass uns hochgehen, komm schon, lass uns hochgehen, ich will ... ich will endlich.»

Mit «Was willst du? Was? Sag's mir, Schlampe!» fuhr ich ihr ins Wort.

«Ich will endlich 'ne Tüte rauchen.»

Prustend stürzten wir die Treppen bis in den fünften Stock hoch.

Ihre Wohnung gefiel. Hohe Decken, Stuck, Parkett, nur an ihrem orientalischen Einrichtungsstil würde ich noch arbeiten müssen. Ihr Bett bestand bloß aus einer großen Matratze. Reichte. Vorerst. Auf lange Sicht müsste sie sich selbstverständlich ein Bett anschaffen, an dem man irgendetwas befestigen konnte. Sie zum Beispiel.

Leyla ging in die Küche und mixte uns Drinks, also Apfelsaftschorlen. Alkohol und Gras vertragen sich ja bekanntlich nicht. Gras und Sex ist auch so eine Sache. Ist man jedoch nicht zu breit und beginnt, bevor man zu faul wird, fühlt es sich fantastisch an. Bei mir im Besonderen, da es meinen Schwanz extrem hart macht, gerade nach übermäßigem Alkoholkonsum ein äußerst erwünschter Nebeneffekt.

Wir setzten uns aufs Bett, ich drehte eine Tüte, auf ihrem MacBook lief der Electro-Klassiker *The Man With The Red Face*. Und wisst ihr was? Das war mir egal. Ich geh sogar noch einen Schritt weiter und sage: Als das Gras zart begann, mein Hirn zu betäuben, fand ich das Lied sogar gar nicht so schlecht.

Ich drückte den Joint aus und dann war es endlich so weit.

Es hatte sich einiges aufgestaut. Wie ausgehungerte Pitbulls fielen wir übereinander her. Vorspiel? Was war das noch mal? Ich streifte ihren Rock runter, zerriss ihren Slip, ja, zerriss, wir hatten doch keine Zeit. Den normalerweise obligatorischen Feuchtigkeitscheck ersparte ich mir ebenfalls, und er wäre eh nicht nötig gewesen, ich wollte nur noch eines: meinen Schwanz reinrammen und sie ficken!

Leyla wollte vorher noch etwas anderes, mir eine Frage stellen nämlich. Eine Frage, die ich irgendwann schon mal gehört hatte. Ich wusste allerdings nicht mehr, wann, musste also schon einige Zeit her sein. Die Frage lautete: «Hast du ein Gummi?»

«Seh ich so aus?»

«Scheiße, ich hab auch keins.»

«Und?»

«Ich tu's nicht ohne Gummi.»

«Na, dann muss ich wohl welche besorgen. Leihst du mir bitte noch mal fünf Euro?»

13. Sieht so die wahre Liebe aus?

«Fick mich», sagt Leyla, während sie mir mit den Fingernägeln den Rücken blutig kratzt. «Fick mich» klingt gut. Sicher, «Fick mich» klingt meist gut, doch in diesem Moment klingt es besonders gut, bedeutet es doch, dass Leyla mir verziehen hat. Das nehme ich zumindest an, was wohl jeder an meiner Stelle getan hätte.

Warum sie mir verzeihen musste, erklärt nur die Beschreibung des vorigen Samstags. Eigentlich hätte es ein guter Abend werden sollen. Wir hatten die Woche zuvor wenig Zeit füreinander gehabt und uns sehr auf diese Nacht gefreut. Doch wie es so oft ist, verwandelte sich große Vorfreude in eine zu hohe Erwartungshaltung. Ein kleiner Streit, nichts Lautes, nichts Großes, nur Etwas, was uns ein wenig traurig machte. Nicht lang allerdings. Wir vertrugen uns und schon bald sah ich dieses zauberhafte Grübchenlächeln auf Leylas Gesicht und alles war wieder fein.

Wir tranken etwas Wein, setzten uns in ein Taxi und fuhren ins Bassy nach Prenzlberg. Rockabilly mit den Cry Babies auf der Bühne, 50ies-Desperate-Rock 'n' Roll vom Plattenteller. Ganz nett alles.

Zwei Bekannte waren auch da. Lisa, mit der ich inzwischen meinen Frieden geschlossen hatte, und ihr neuer Freund Alex.

Leyla mochte Lisa und Alex wollte sie eh kennenlernen, passte also alles. Ja, es war geradezu harmonisch, fast wie früher bei den Waltons, nur lustiger.

Die erste halbe Stunde kam einem perfekten Ausgehabend dann auch ziemlich nahe, wie eigentlich immer, wenn ich mit Leyla ausging. Doch plötzlich verwandelte sich meine Freundin in die unsichtbare Frau. Sie hatte mich am Anfang unserer Beziehung gewarnt, dass ich mir nichts dabei denken solle, denn so wäre sie halt auf Partys. Ich dachte mir auch nichts Schlimmes dabei und war weit ab von Eifersucht, auch noch als Lisa sagte: «Na, ob sie sich gerade auf der Toilette so richtig schön durchficken lässt?»

Schließlich vertraute ich Leyla. Und doch hätte ich sie gern öfter mal an meiner Seite gehabt. Klar, auf den Electro-Partys, auf die sie sonst geht und die drei Tage laufen, fällt es nicht weiter auf, wenn man mal 'ne halbe Stunde verschwindet, aber Rock 'n' Roll-Partys funktionieren nun mal komprimierter. Nach gut drei Stunden ist die Party in der Regel vorbei.

Irgendwann standen wir wieder einmal alle vier beisammen. Ich sah Leyla und Lisa an und sah, wie gut sie zusammenpassten. Außerdem dachte ich daran, wie sie sich vor ein paar Wochen in der Punkrockkneipe Trinkteufel in Kreuzberg geküsst hatten, wie scharf das gewesen war und dass Alex das verpasst hatte. Blöd eigentlich. Und da ich mit guten Leuten gern teile, schlug ich eine Wiederholung vor. Lisa zierte sich ein wenig, weil sie sich nicht sicher war, ob Alex das mögen würde. Doch ich kenne Männer besser und wusste, er würde den Anblick genießen, genau wie ich.

Also taten sie es.

Gott, sah das lecker aus. Bei Frauen, die sich in einer Nacht zum ersten Mal küssen, ist es diese faszinierende Zärtlichkeit, die mich in den Orbit kickt.

Und dann war Leyla auch schon wieder verschwunden.

Nachdem ich mit der Hälfte der weiblichen Gäste getanzt hatte, vornehmlich um Leyla auf mich aufmerksam zu machen - vergeblich, sie war ja fast nie da -, ging ich in den Keller, um dort auf Toilette zu gehen. In der Tür stand ein wunderschönes Mädchen, Anfang zwanzig, asiatischer Einschlag. Wir kamen ins Gespräch. Ich war dank Wodka inzwischen jenseits von Gut und Böse, sodass ich das Gespräch zackig in die Bahnen lenkte, die mich nach dem Kuss von Leyla und Lisa interessierten, Bahnen, die eigentlich überhaupt nicht zur Debatte standen. Dass Leyla und ich irgendwann einmal jemanden dazubitten würden, stand zwar meines Erachtens fest, aber doch bitteschön nicht schon nach sechs Wochen. Wie soll eine frische Liebe so etwas denn aushalten?

Ich erzählte der Halbasiatin von meiner Freundin, wie heiß sie sei und all das und sie schien nicht abgeneigt. Ohhh, nein, die war so was von überhaupt nicht abgeneigt, dass ich plötzlich für zwei, drei Sekunden ihre Zunge im Mund hatte.

Selbstverständlich, und ich schreibe selbstverständlich, weil das, was nun passierte, in meinem Leben inzwischen eine Selbstverständlichkeit erlangt hat, flüsterte mir genau in diesen zwei, drei Sekunden ein Phantom etwas ins Ohr. Ein Phantom namens Leyla: «Na, Olli, sieht so die wahre Liebe aus?»

Tja, schöne Scheiße, oder?

Nicht für mich, nicht in diesem Moment. Die Feinfühligkeit, zu begreifen, was dieser Anblick in Leyla ausgelöst haben musste, war mir zwischen Wodka fünf und sechs abhanden gekommen.

Und nicht nur das: Für mich war das Auftauchen Leylas nur die logische Konsequenz aus der Vorarbeit, die ich für sie, für mich, für uns geleistet hatte.

Deshalb sagte ich, als ich mich zu Leyla umdrehte: «Hey Baby, gut, dass du kommst. Wir sprachen gerade über dich.»

«Ja, stimmt, er hat die ganze Zeit nur von dir geschwärmt, wie schön und sexy du bist», bestätigte die Asiatin eifrig.

«Stimmt ja auch. Du bist aber auch nicht schlecht», erwiderte Leyla unfassbarerweise.

Und dann zog sie das Mädchen am Nacken zu sich und küsste es.

Dass Leyla mit einem Mädchen knutschte, mit dem sie mich nur ein paar Sekunden vorher «erwischt» hatte, erschien mir in diesem Augenblick vollkommen normal.

Zudem war es war wunderschön anzusehen. Ich ruhte in meiner Geilheit auf Leyla und dem, was sie gerade tat, sogar so sehr, dass ich die beiden knutschend stehen ließ, um Zigaretten zu ziehen.

Als ich nach einer guten Minute zurückkam, stand da so ein Hipster, dem fast der Sabber aus dem Mund lief, als er den beiden bei ihrer Performance zusah. Kein Problem für mich. Der Typ stand schon da, bevor ich ging, und ich hab in all den Jahren schon ganz andere Typen beim Sex zuschauen lassen. Ich mag das. Ich mag's, wenn andere Männer scharf auf eine Frau sind, die mir «gehört».

Doch dann machte der Typ einen kapitalen Fehler.

«Du störst», sagte er.

Was? Nun gut, er weiß nicht, wer ich bin, ich werde ihn aufklären.

«Pass auf, mein Junge, die Frau, die du da beobachtest, ist meine Freundin, wenn hier also einer nicht stört, bin ich das.»

«Mir egal, du störst trotzdem.»

Tja, und das war der Moment, in dem ich nicht mehr bereit war, mich mit diesem unverschämten Typen verbal auseinanderzusetzen.

Okay, nüchtern hätte ich ohne Zweifel nicht gleich zugeschlagen. Aber ich war nun mal nicht mehr nüchtern, und selbst wenn ich es gewesen wäre, hätte ich ihn zumindest am Kragen gepackt und gefragt, ob er noch irgendwelche Einschläge merken würde.

Ich bin weiß Gott kein Schlägertyp, aber Mahatma Gandhi werde ich in diesem Leben auch nicht mehr.

Und dann brach der Punk aus. Der Typ hatte sich zwar nicht selbst gewehrt, aber jetzt kamen immer mehr Jungs aus allen Richtungen auf mich zu. Rückzug also. Der bullige Türsteher blieb ganz ruhig, er wollte keinen Stress, und geleitete Leyla und mich hinaus.

Doch draußen, auf dem Bürgersteig vor dem Klub, ging's erst richtig los. Die Streits von Amy Winehouse und Blake Fielder-Civil, die zu jener Zeit durch die Gazetten geisterten, waren eine Kindergeburtstagsparty gegen unseren Auftritt.

Obwohl ich mich da ein wenig herausnehmen muss. Klar, war alles meine Schuld, aber was nun folgte, war Leylas Wunsch, mir die

Sache mit der Asiatin heimzuzahlen. Sie schrie laut und tat so, als ob ich sie schlagen würde. Entsetzte Blicke der zahlreichen Katastrophen-Touristen um uns herum. Und dann stieg sie wortlos ins Taxi und lies mich zurück.

Kurz danach kamen meine Freunde von der Polizei.

«So, wer hat hier eine Frau geschlagen?»

«Niemand, Mann. Aber wo ihr schon mal da seid, ich hätte gern meinen Schlüssel zurück, meinen Haustürschlüssel, der bei ihr in der Wohnung ist. Ihr seid doch bekanntlich Freund und Helfer, na dann helft mir doch mal.»

Da ich den Schlüssel jedoch freiwillig in Leylas Wohnung gelassen hatte, konnten meine Freunde mir nicht helfen. Wenigstens glaubten sie mir, dass ich Leyla nicht geschlagen hatte. Und da stand ich nun. Auf der Straße der Vergessenen, wie Peter Kraus anno 1956 so schön pathetisch sang.

Und jetzt?

Ich fuhr mit der S-Bahn zu Leyla. Sie musste mir einfach meinen gottverdammten Schlüssel geben.

Musste sie nicht. Sie war noch nicht einmal zu Hause, natürlich nicht. Fertig wie ich war, legte ich mich mitten auf den Bürgersteig vor ihr Haus und wartete. Nicht lang, dann klingelte mein Telefon. Sie käme gleich und gäbe mir meinen Schlüssel.

Doch sie kam nicht.

Stattdessen ein erneuter Anruf. Ich solle doch in den Laden kommen, in dem sie gerade sei. Hm, das hörte sich doch gar nicht so schlecht an. Ob sie sich beruhigt hatte? Klang so. Ob sie mir gar verziehen hatte? Ach, das wäre unfassbar schön.

Als ich in der Kneipe ankam, war ich erst mal erstaunt, in was für einen Laden mich Leyla bestellt hatte. Zudem wirkte sie inzwischen betrunkener als ich und über das Geschehene wollte sie nicht sprechen.

«Gib mir bitte deinen Schlüssel, ich hol meinen und bring dir deinen zurück», sagte ich.

Nur ein Bluff, klar, eigentlich hoffte ich, sie käme mit, was sie dann auch tat. Fein. Als wir in ihre Wohnung kamen, ging es ziemlich schnell zur Sache.

Endlich mal eine, die einen ordentlichen Versöhnungsfick zu schätzen weiß, dachte ich und zündete mir eine Tüte an.

Sie wollte nicht mitrauchen, was ungewöhnlich war.

«Fick mich», sagte Leyla und ich fickte sie. Nach einiger Zeit war ich kurz vor dem Kommen, eine Sache, die ich Leyla nicht verheimlichen kann. Ich kann mich nicht erinnern, jemals so intensiv gekommen zu sein wie bei ihr, deshalb sieht und hört sie es.

«Wag es ja nicht. Wenn du jetzt kommst, hol ich mir irgendeinen Typen von der Straße, der es mir richtig besorgt.»

Oha.

Das klingt hart, aber ich brauche so etwas. Ich liebe es, ab und an verbal erniedrigt zu werden. Leyla geht's genauso. Ich gab ihr, was sie brauchte.

«Mach ruhig. Aber sei nicht böse, wenn ich mir im Gegenzug ein Mädchen von der Straße ziehe, das nicht eine Million gefühlte Jahre bis zum Kommen braucht. Wie wär's zum Beispiel mit der Asiatin von eben? Hast du dir wenigstens ihre Nummer geben lassen?»

«Du gottverdammtes Drecksschwein! Ein Mädchen, klar, das ist noch so schön genügsam, bei richtigen Frauen bringst du es ja nicht.»

Wir grinsten beide dreckig. Ich wusste, was sie nun wollte, holte aus und schlug zu, wuchtig, mit der flachen Hand mitten ins Gesicht, so wie sie es liebte. Leylas Augen blitzten vor Geilheit.

«Ja, das ist's, was du draufhast, Frauen schlagen. Komm schon, Baby, zeig mir noch mal, wie gut du das kannst.»

Ihr Wunsch war mir Befehl.

Und dann kam sie und mit ihr auch ich. Und dann war's vorbei.

Vollkommen entkräftet ließ ich mich auf den Rücken fallen. Schweiß lief mir von der Stirn in die Augen und ließ sie brennen. Ich hatte nur noch drei Wünsche: einen Schluck Wasser, Leylas angeschmiegter Kopf auf meiner Brust und Schlaf.

Aber daraus wurde nichts.

«Ich möchte, dass du jetzt gehst», sagte Leyla in einem Tonfall, der so hart war, dass sich der heiße Schweißfilm auf meinem Körper plötzlich eiskalt anfühlte. Die spaßt nicht, das war mir sofort klar.

«Verlass mich nicht», bettelte ich.

«Du hast mich bereits letzte Nacht verlassen, als du dieses Mädchen geküsst hast.»

Ich versuchte alles, und ich kann gut argumentieren, besonders mit dem Rücken zur Wand, aber es nützte nichts.

Es war ja nicht nur der Kuss, es war auch mein aggressives Verhalten, das Leyla so gar nicht leiden konnte. Sie hängte mir noch meinen Schlüssel um den Hals, so wie man das bei einem Jungen täte, der zum ersten Mal allein raus darf. Dabei lag eine gewisse Güte in ihrem Blick, nur für den Bruchteil einer Sekunde, dann verengten sich ihre Augen wieder zu Schlitzen.

Ich musste gehen. Und ich ging. Sie stand an der Haustür, schaute mir noch nicht einmal hinterher. Das Geräusch, als die Tür ins Schloss fiel, gab mir den Rest. Es erinnerte mich an einen alten Countrysong, der in etwa so ging:

«Ich hörte den Jubel nach einer Rede von Adolf Hitler.

Ich hörte die Maschinengewehrsalven beim Sturm der Normandie.

Ja, ich hörte sogar die Explosion der Atombombe über Hiroshima.

Aber kein Geräusch klang so schrecklich wie das, als meine Tür ins Schloss fiel und du für immer gingst.»

Ein einfaches Klicken nur. So klingt es also, das Ende einer «Unendlichen Geschichte».

Ich schaffte es nicht bis nach Hause. Es waren nur knapp zwei

Kilometer, doch selbst die packte ich nicht. Breit vom Gras, Schlaf-mangel, Alkoholabsturz und Liebeskummer legte ich mich in einem Park unter einen Baum und versuchte zu schlafen, doch noch nicht einmal das gelang mir.

Von Leyla hörte ich erst, als ich kurz vor Mitternacht schon fast eingeschlafen war. Ich war mir nicht sicher, ob ich ihre Nachricht in meinem Zustand noch lesen sollte, weil ich nicht wusste, ob sie Gu-tes oder Schlechtes bedeuten würde, aber dann tat ich es trotzdem.

14. Der Tag, an dem Elvis starb

Seit ich denken kann, ist der 16. August kein guter Tag. Das fing schon 1977 an, als Elvis starb.

Heute ist wieder der 16. August, gestorben ist niemand, zumindest niemand, den ich kenne, aber es fühlt sich ähnlich an, denn ich habe einen geliebten Menschen verloren. Nicht durch den Tod, nein, doch in solchen Augenblicken denke ich manchmal:

«Schade eigentlich. Wäre sie tot, bekäme auch kein anderer das, was doch eigentlich mir zusteht, ihre köstliche Muschi zum Beispiel.»

Obwohl bereits dunkel, ist es in meinem Zimmer im einundzwanzigsten Stock eines beschissenen Ostzonenplattenbaus in der Leipziger Straße noch immer unerträglich heiß. Ich hätte meinen Standventilator anschmeißen können, doch ich verharre lieber in Schockstarre auf meinem Bett und blicke wieder einmal an die Decke.

Und dann klopft auch noch mein Mitbewohner an die Tür und faselt irgendetwas davon, dass ich doch bitte endlich mein Zimmer aufräumen soll. Das muss man sich mal auf der Zunge zergehen lassen. Wer ist er, meine Mutter? Scheiße, es ist mein Zimmer, und wenn ich vorhabe, in meinem Zimmer scheiß Kakerlaken zu züchten, dann mache ich das.

Ich denke an die schönen Momente mit Leyla. Daran, dass die nie wiederkommen werden, und daran, dass ich nie wieder mit ihr schlafen werde. Oh Gott, ich armes Ich, ich zerfließe geradezu im Selbstmitleid, denn darin bin ich, wie die meisten Männer, groß. Dann überlege ich, es mir selbst zu machen. Erfahrungsgemäß geht es mir danach ein klein wenig besser, aber ich verwerfe den Gedanken, schließlich müsste ich dafür an unseren großartigen Sex denken, was im Moment gar nicht klarginge.

Scheiße, das kann's doch eigentlich nicht gewesen sein. Einmal

Scheiße bauen und Tschüss? Wo gibt's denn so was? Also bei mir bislang nicht.

Aber Leyla ist anders als ihre Vorgängerinnen, stolzer, noch stolzer, muss ich sagen, denn Lisa und Co. waren auch schon verdammt stolz. Erneut lese ich die SMS, die sie mir gestern geschrieben hat:

«Olli, es tut weh, scheiße weh, aber ich muss da durch. Nur eines noch, etwas, was du mir vielleicht nie wirklich geglaubt hast: Lieb, sehr lieb hab ich dich!

Küsse, Leyla.»

Hört sich gar nicht so schlecht an, oder? Lieb haben und Küsse und so, aber in meiner Verfassung konnte ich nur auf den Halbsatz «aber ich muss da durch» gucken.

Die andere Nachricht, die von ihr kam, war die hier: «Schlaf jetzt mit deiner Musik ein. Alles so komisch. Weiß nicht, mein Kopf ist so leer ...»

Diese Nachricht gibt mir erstmals wieder Hoffnung. Leyla ist noch nicht durch mit mir. Jetzt nur keinen Fehler machen. Überlege genau, was du schreibst, Mann. Ach was! Ich schreibe einfach, was ich fühle, sollte das nicht reichen, reicht es eh nicht.

«Sollte ich dich für immer verloren haben, werde ich mir das nie verzeihen. Dafür liebe ich dich schon viel zu sehr. Ja, das ist es. Liebe. Bedingungslose.»

«Nie verzeihen» klingt pathetisch, doch genau so denke ich in dem Augenblick. Ihrer Antwort nach zu urteilen, zu pathetisch für sie: «Bedingungslose Liebe – große Worte nach gerade mal sechs Wochen.

Schlaf schön.»

Ja, ja, blabla, nicht schon wieder diese Diskussion! Nach sechs Wochen? Nach sechs Tagen, ach was, Scheiße, nach sechs Stunden weiß ich, ob es eine Frau in meinen Augen Wert ist, dass ich ihr am nächsten Morgen Frühstück ans Bett bringe. Mit Frauen, in die ich mich nicht nachdrücklich verliebe, habe ich es noch nie länger als zwei Wochen ausgehalten. Egal, mir steht es gerade nicht zu, mich über ihre «Ich brauche Zeit»-Scheiße zu beschweren.

Gar nicht darauf eingehen, geschmeidig bleiben.

Der nächste Morgen bringt eine neue SMS von ihr, ohne Inhalt allerdings. Ein Zeichen dafür, dass sie an mich denkt? Leider nicht. Nur ein Versehen, erfahre ich, als ich sie anrufe.

Das Telefonat ist nicht sonderlich prickelnd und danach bin ich nicht schlauer als vorher. Die Ungewissheit, ob es mit uns weitergeht oder nicht, ist schwer zu ertragen. Meine Mutter hätte mir an dieser Stelle den Tipp gegeben, mich erst mal gar nicht zu melden - «Gib ihr die Chance dich zu vermissen!» -, aber ich gebe einen Scheiß auf die Tipps meiner Mutter und schreibe Leyla abermals:

«Weißte, was mein Traumrendezvous wäre? Bei dir. Heute Abend. Ein bisschen reden. Vielleicht mehr, vielleicht nicht. Rendezvous. Aufregende Vorstellung.»

Es dauerte vier Stunden, bis ihre Antwort kommt. Oh Gott, können vier Stunden lang sein!

Doch dann kommt sie. Und wie!

«Ich weiß ... Mich überkommt bei dem Gedanken auch dieses angenehme Kribbeln, da ich mir ziemlich sicher bin, dass mehr passieren würde.»

Yeah! Da ist sie wieder, jetzt dranbleiben.

«Oh mein Gott, bin ich scharf! Sag mir bitte nur eines, sag mir bitte, wie gern du in diesem Moment meinen harten Schwanz in dir hättest.»

Vielleicht ein bisschen flott, aber wer nicht wagt ...

«Will nichts sagen ...», antwortet sie.

«Brauchst du auch nicht. Ich spüre es. In meinem Herzen schlägt gerade Sehnsucht, Liebe, Angst und Gier. Für dich, alles nur für dich. Werde ich heute Abend an deiner Tür stehen? Und falls ja, wirst du mich dann küssen?»

«Nein Olli, denn ich könnte dir nicht widerstehen.»

Das ist ja wohl ein klares «Ja». Dann soll es wohl so sein.

«Bis gleich, mein Engel.»

Ich warte fünf Minuten auf ein wirklich klares «Nein», aber es kommt nicht, also mache ich mich auf den Weg.

Als ich in ihre Straße einbiege, sehe ich sie im vierten Stock auf ihrem Fenstersims sitzen. Nur kurz, dann ist sie wieder verschwunden. Wahrscheinlich hat sie mich auch gesehen und will nicht den Eindruck erwecken, sie würde auf mich warten. Oder sie versteckt sich vor mir und wird die Tür nicht öffnen. Ein abscheulicher Gedanke, oh, ich hasse diese Achterbahnfahrten, sowohl die buchstäblichen als auch die auf Gefühlsebene.

Meine Befürchtung ist jedoch unbegründet. Es summt, ich gehe hoch und die Tür steht bereits offen, als ich oben ankomme. Von Leyla ist nichts zu sehen. Kein Kuss an der Tür also, wäre vielleicht auch zu viel verlangt gewesen. Sie sitzt in der Küche, wieder auf dem Fenstersims, und raucht.

«Ich dachte, du würdest dich nicht trauen», sagt sie mit einem zaghaften Lächeln auf ihrem lippenstiftlosen und doch so herrlich dunkelroten Mund.

«Warum hätte ich mich nicht trauen sollen?»

«Weil ich schrieb, dass ich nicht möchte, dass du kommst.»

«Das hast du, stimmt. Doch fünfundzwanzig Jahre Erfahrung mit euch sonderbaren Wesen lehrte mich, dass ihr nicht immer meint, was ihr sagt. Deshalb bin ich hier.»

Und dann gebe ich ihr einen innigen Kuss, den sie zu meiner Verblüffung stürmisch erwidert. Wir drücken uns so fest aneinander, dass uns fast die Luft wegbleibt. Reden tuen wir nicht viel. Es gibt auch nichts zu bereden. Wir wissen beide, was ich getan habe, wollen aber beide in diesem Augenblick nicht daran erinnert werden. Dafür schlafen wir miteinander. Ein wenig anders als sonst, ohne die verbale und körperliche Härte, auf die wir beide so sehr stehen, dafür aber gefühlvoller, zärtlicher.

Der ganze aufgestaute Schmerz der letzten sechsunddreißig Stunden fällt von mir ab. Der Moment, in dem ich ganz vorsichtig in sie eindringe, fühlt sich an, als käme ich wider Erwarten nach langer Zeit an einen wohlvertrauten Ort zurück, einen Ort, an dem ich mich verstanden und aufgehoben und sicher fühle. Ein Blick in ihre Augen sagt mir, dass sie ähnlich fühlt. Für einen Augenblick halte ich sie in meinen Armen, und sachte, ganz sachte berühre ich ihre Brust, streiche mit den Fingerspitzen über die zarte Haut. Während ich sie küsse, meine Zunge die ihre sucht, werden Leylas Bewegungen unter mir fordernder. Ich gebe ihr, was sie braucht, gebe ihr das letzte bisschen von mir. Mein ganzer Körper scheint von einer Gänsehaut überzogen zu sein und dort, wo ihre Hände mal zart, mal hart über mich streichen, bleibt ein Kribbeln zurück. Schweiß bildet sich zwischen unseren Leibern, unsere Säfte vermischen sich. Kein Parfum auf dieser Welt hätte besser duften können. Ich habe die ultimative Droge gefunden. Ihr Gesicht glitzert, sie atmet heftig. Ein Tropfen, ähnlich einer Perle, rinnt ihr vom Haaransatz über die Stirn. Ich fange ihn mit der Zunge auf und abermals fühle ich Leyla erbeben. Es ist eine Nacht voller Zärtlichkeit.

«Ich liebe dich», hauche ich später nah an ihren Lippen.

Home is where the heart is?

Am Ende ja.

15. So long, my Love

Woran es scheiterte? Gute Frage. Nicht an mir, so viel ist sicher. Endlich war es einmal nicht ich, der das Schlachtfeld der Liebe mit einem schlechten Gewissen verlassen musste. Ganz im Gegenteil sogar. Ich bin mit mir im Reinen. Nach zwanzig Jahren, in denen ich die wahre Liebe seitlich an mir vorbeiziehen ließ, hatte ich zum ersten Mal das Gefühl, wirklich bereit zu sein.

«Hä?», fragt ihr euch vielleicht. «Nicht seine Schuld? Er hat sich doch gerade erst beim Knutschen mit einer anderen erwischen lassen.»

Stimmt. Stimmt aber eben nur halb. Das passierte nicht gerade, sondern vor fünf Monaten. Seitdem ist viel passiert. Obwohl bei Leyla eben nicht so viel passiert ist. Also die Krux ist: Aus Leylas anfänglicher Verliebtheit wuchs keine Liebe. Ich konnte machen, was ich wollte, und ich war, im Vergleich zu früher, ein ziemlich guter Freund, doch es reichte einfach nicht. Und für halbe Sachen bin ich nicht geboren. Mehr muss ich nicht sagen, oder? Zum ersten Mal konnte ich mir vorstellen, bis an mein Lebensende «nur» noch diese eine Frau zu lieben. Zum ersten Mal konnte ich mir vorstellen, bis an mein Lebensende «nur» noch mit dieser einen Frau zu schlafen.

Aber es ist keine Frage von Schuld. Sie kann nichts dafür. Es gibt Menschen, die in ihren schlechten Momenten selbst in einem Regenbogen nur eine Farbe erkennen können, tristes Grau nämlich. Ich bin nicht sicher, ob ich ihr als Laie hätte helfen können, aber ich glaube schon. Ich glaube, die Liebe hätte die Kraft dazu gehabt. Sicher bin ich mir dagegen, dass, wenn sich ein Mensch nicht helfen lassen will, selbst der mächtige Zauber der Liebe nicht mehr wirkt.

Leylas sonderbares Verhalten erinnert mich an alte Western, die ich in meiner Jugend sah. Eine wunderschöne Frau sinkt auf der

Flucht vor blutrünstigen Indianern von einem Pfeil getroffen zu Boden, der Held beugt sich über sie und sie wispert selbstlos: «Du musst mich zurücklassen. Ich halte dich nur auf und jetzt geh, mein Geliebter, geh.»

Doch der Held wäre nicht der Held, würde er die Liebe seines Lebens auf dem staubigen Prärieboden elendig verrecken lassen. Er hebt sie hoch, sie legt ihren Arm um seine Schulter und er trägt sie an einen sicheren Ort.

Manchmal kamen sie durch, manchmal starb die Frau in seinen Armen, doch selbst dann überließ der Held sie nicht den gefräßigen Aasgeiern, sondern begrub sie, nahm seinen Hut ab, wischte sich den Schweiß von der Stirn und sprach das erste Gebet seines Lebens.

Das war sie also, meine «Unendliche Geschichte». Ob ich sie bereue? Schwer zu sagen. Ihr wohnten wundervolle Momente inne, ganz ohne Zweifel.

Wundervolle Momente, die so tief rein gingen, dass die Befürchtung, sie könnten vergänglich sein, wehtat. Doch was bleibt von diesen wundervollen Momenten? Schöne Erinnerungen? Für mich nicht. Schöne Erinnerungen an Menschen, die man verloren hat, schmerzen. Schöne Erinnerungen sind etwas für alte Menschen, die das Leben bereits hinter sich haben. Was für mich bleibt, ist Trauer und Wut.

Ich bin traurig, weil sie mich gehen ließ. Und wütend, weil sie das Schöne, das wir bereits hatten, das Schöne, das wir noch hätten haben können, aufgab.

Gott, ich wäre so gern ein Held für sie gewesen, ich hätte sie so gern an einen sicheren Ort gebracht, doch es hat nicht sollen sein. Das Leben ist nun mal eher eine Tragikkomödie als ein Western.

So long, my Love.

Dana

16. Wieder im Ballbesitz

Ein paar lange blonde Haare auf meinem Kopfkissen. Es riecht auch noch ein wenig nach ihr.

Ja, scheiße, es riecht gut! Und doch: vergängliches Zeugs. Mehr wird auch nicht bleiben. Schätze, ich werde nichts mehr von ihr hören.

Doch der Reihe nach: Neulich sagte mir eine Stammleserin, sie hätte meinen Blog früher lieber gelesen, weil es früher in meinen Geschichten noch um die Freuden und den Schmerz der Liebe gegangen wäre und es heute nur noch ums Ficken von Zehnerfrauen mit Handballärschen geht. Ich sehe das ein wenig differenzierter, aber im Grunde hatte sie nicht ganz Unrecht. Aber ich kann mir ja schlecht jemanden fürs Herz schnitzen.

Ich gehe im Moment nicht oft aus, sondern feiere lieber privat, mit Freunden, mit Frauen, die ich über Facebook kennenlerne. Mein Ruf auf diesem Portal ist nicht unbedingt dazu geeignet, die Frau fürs Leben zu finden. Den hoffnungslosen Romantiker, der ich in Wahrheit bin, kauft mir dort niemand ab. Kürzlich sagte eine Frau, die wahrscheinlich sauer war, weil ich es noch nicht mal in Erwägung gezogen habe, sie zu ficken, zu einer anderen: «Was willst du denn von diesem Schlampenverschleißer?»

Freitagabend.

Filmnacht bei meinem Bro Rocko in Treptow.

«Fabian kommt noch», sagte Rocko. «Benny auch, ach ja, und Julia bringt noch zwei Freundinnen mit.»

«Zwei Freundinnen?», frage ich nach. «Na, da setze ich doch glatt meinen Hut wieder auf.»

«Brauchste nicht, sehen beide scheiße aus.»

Ich ließ ihn trotzdem auf. Eine gute Entscheidung. Zwar sah die eine mehr als scheiße aus, die andere dagegen ähnelte einer Frau, mit der ich mal zusammen war.

Ich habe nichts gegen Frauen, die extrem scheiße aussehen, und ich liebe extrem selbstbewusste Frauen, nur mit der Kombi aus beidem habe ich ein echtes Problem, das gebe ich gern zu.

Mein Problem hatte an diesem Abend einen Namen: Constanze.

Es soll ja nur ein paar Sekunden dauern, bis man sich verliebt, seit Constanze weiß ich, dass es auch nur ein paar Sekunden dauert, bis man jemanden hasst.

Optisch war sie der Typ erfolgreiche Vogelscheuche. Wenn du die im Garten aufstellst, bringen die Spatzen die Kirschen aus dem letzten Jahr zurück. Vom Stil her 8oer-Jahre-Öko-Unschick. An den Füßen trug sie eine Art Filzgamaschen, drunter Wollhausschuhe.

Nur Oberflächlichkeiten, ich weiß, doch ihre Klamotten waren Programm. Panzergleich rollte sie in unser kleines Heimkino und sabbelte in einer Tour. Sie hatte zu allem was zu sagen, wusste alles besser. Prophylaktisch hoffte sie schon mal, dass der Film auf Kino. to eine gute Qualität haben würde, weil sie gestern im Kino war und da jemand einen Film mit seinem iPhone aufgenommen hätte und solche Leute ihren Schrott ja auch auf Kino.to stellen würden und den Trailer von *22 Bullet* hatte sie gestern auch gesehen und Jean Reno wird bereits am Anfang des Filmes erschossen, komisch oder?

Geht so. Vor allem, wenn man bedenkt, dass wir uns unter anderem getroffen hatten, um *22 Bullet* zu gucken.

Der erste Joint kreiste. Ich rauchte nicht mit, weil ich gegen Mitternacht noch ein Rendezvous hatte. Na ja, was heißt Rendezvous? Rendezvous klingt so romantisch und das passt nicht. Rendezvous schreib ich eigentlich nur, weil ich das Wort Date nicht mag. Ich war zum Ficken verabredet, sagen wir es so.

Und vor einer ersten Verabredung kiffen? Nein, das mache ich nicht mehr.

Dana, die Frau, mit der ich verabredet war, wollte Wodka zum Fick trinken und ich wollte vorher nüchtern bleiben, was auch klappte, bis elf zumindest. Ich bin eigentlich ein entspannter Typ, doch Constanze ging mir so dermaßen auf den Sack, dass ich dachte, ich würde sie nach ein, zwei Gläsern Wodka etwas besser ertragen. Mehr war zeitlich auch gar nicht drin. Dana wollte gegen Mitternacht bei mir sein. Ich bat sie, mich kurz vorher anzurufen, damit ich rechtzeitig loskäme, doch es kam kein Anruf. Nicht zehn vor zwölf, nicht um zwölf, nicht zehn nach zwölf.

«Noch 'nen Wodka, Olli?»

«Klar, Mann.»

Das war der vierte.

Nicht, dass ich mich sonderlich auf Dana gefreut hätte. Ich war ein bisschen aufgeregt, wie vor jedem neuen Fick, mehr aber auch nicht. Aber wenn ich bedenke, wie unser Treffen zu Stande kam, stellte ich sie mir als ziemlich coole Sau vor.

Dana hatte zwei, drei Kommentare auf meiner Seite geschrieben. Der erste war ätzend, was meist ein gutes Zeichen ist. Die Erfahrung zeigt, dass die Frauen, die gleich «Fick mich» schreiben, sich nur wichtigmachen wollen, und die, die «Ich find dich scheiße» schreiben, gefickt werden wollen.

Mein Facebook-Chat ist meist off. Aber wenn er on ist, springt ein Fenster nach dem nächsten auf und ich komme zu nichts mehr. Zufällig war Dana auch gerade on, als ich es war und ich legte gleich los:

«Wo kommste her, Hübsche?»

«Berlin. Aber viel wichtiger ist die Frage: Wo geh ich hin?»

«Gut. Ich will dich. Wann?»

«Was machst du heute?»

«Sag du's mir.»

«Dich treffen? Ficken?»

«Ui, du gehst ja ran! Nice!»

«So bin ich.»

«Und du möchtest nicht zuvor zum Essen eingeladen werden? Du willst harten Sex ohne Kompromisse?»

«Nicht vor Mitternacht.»

«Cool. Aber beantworte meine Frage: Du möchtest nicht zuvor zum Essen eingeladen werden?»

«Nein, danke.»

«Du möchtest harten Sex ohne Kompromisse?»

«Aua. Ich bin feucht, seit ich das las. Noch Fragen?»

Nein, verdammt! Keine Fragen. Oder doch, eine noch:

«Sag mir nur noch einen ungefähren Härtegrad. Sei ehrlich, ich bin flexibel, sehe mich als Dienstleister von zart bis hart. Also: Schläge? Auch ins Gesicht? ;-)»

Keine Antwort. Vielleicht war ich zu weit gegangen.

«Oh, hoffe, ich habe dich nicht verschreckt. Wie gesagt: Alles kann, nichts muss. ;-)»

«Verschreckt? Mich? Härtegrad ... Hmmm ... Al dente? Was kann und was muss wird spontan entschieden. So nach Lust und Laune und Geruch und Geschmack. Nur Wodka ist alternativlos.»

«Ich liebe es, wenn ich dich ficke und du dabei wie die letzte Alkschlampe direkt aus 'ner Schnapsflasche trinkst. Eine bevorzugte Marke?»

«Etwas mehr Niveau bitte, Herr Flesch. Русский стандарт.»

«Niveau? Was war das noch mal? Ich komm gerade nicht drauf. Aber schön, dass du es ansprichst. Frauen, die mir so kommen, zieh ich nämlich am liebsten in die Welt der schmutzigen Abgründe. ;-)»

Klang doch ziemlich vielversprechend, oder?

Ich wurde also gegen Mitternacht ein wenig unruhig. Die Runde wusste, dass ich um zwölf verabredet war und es war ausgerechnet Constanze, die glaubte, sie müsse uns ihre Meinung aufdrängen.

«Na, wird wohl nix mehr, du Hengst.»

Mir reichte es, mir reichte es endgültig!

«Wenn ich so scheiße aussehen würde wie du, würde ich einfach mal die Fresse halten!»

Stille.

Endlich.

Gut, die Stimmung war gekillt, aber das war nicht weiter schlimm, zwar lief *Bullet 22* noch immer, aber Rocko und ich fuhren längst unseren eigenen Film. Ein leckeres Mädchen schickte ihm laufend Nacktbilder aufs Handy. Nach ihrer zweiten Arschpose schaute ich ihn an und sah, wir dachten beide das Gleiche: Vierer!

Null Uhr Dreißig. Wodka Nummer fünf.

«Skip mal bitte kurz auf Facebook, Rocko, vielleicht hat sie meine Nummer verloren und mir dort geschrieben.»

Jean Reno verschwand von der Leinwand und Facebook blinkte auf. Keine Nachricht.

Ein Uhr. Wodka Nummer sieben.

Fuck!

Langsam wurde ich unsicher. Schon nach eins. Ob sie überhaupt noch kam? Es gehörte Mut dazu, mitten in der Nacht einen Typen, den man noch nie zuvor gesehen hatte, in seiner Wohnung zu besuchen. Vor allem wenn klar ist, dass dieser Typ nur das Eine will.

Mut und eine gehörige Portion Verdorbenheit, oh, ja! Gott, muss das eine Sau sein! Oh, wie ich solche Frauen liebe.

Wo wir gerade bei verdorbenen Frauen sind: Was ist jetzt eigentlich mit dem Vierer, Rocko? Dem Vierer mit ihm, Betty, der Schlampe, die ihm alle fünf Minuten ein Nacktfoto simste, Dana und mir?

Ein Uhr Fünfzehn. Wodka Nummer acht.

«Ey, Rocko, ich hab's ganz geschickt gemacht. Sie hat meine Nummer nicht, aber ich ihre, so kann sie nicht absagen, weißt?»

Rocko gab mir fünf auf diesen genialen Schachzug.

«Ähhh, Scheiße, Mann! Es ist ja genau andersrum. Sie hat meine Nummer, aber ich ihre nicht, verdammt!»

Wir bekamen einen Lachkrampf. Die eigene Blödheit ist doch immer noch am lustigsten. Inzwischen richtig betrunken, den Vierer vor Augen, bekam ich nun auch noch Lust auf weißen Zauber in Pulverform. Das Zeug potenziert meine Geilheit ins Unermessliche. Eigentlich der einzige Grund, warum ich es noch ab und an nehme. Frauen, die es schnupfen, gerade die, die richtig gierig darauf sind, die für das Zeug alles tun, machen mich verrückt. Ich sollte etwas bestellen. Oder lieber doch nicht? Was, wenn Dana nicht darauf steht? Hm, ach, wird schon, sie ist eine Schlampe, sie muss eine Schlampe sein, sonst hätte ich sie nicht so leicht rumgekriegt, und Schlampen stehen auf das Zeug.

Mal testen, Schlampentest.

«Steht Betty auf Koks, Rocko?», flüsterte ich, damit Constanze, die im Sessel neben mir saß, nichts mitbekam. Sie war ja mehr so der Typ Yogi-Tee, rauchte und trank nicht, und einen Vortrag über die Schädlichkeit von harten Drogen brauchte ich gerade so dringend wie ein drittes Knie.

Rocko, sein Telefon am Ohr, versuchte Betty zu erreichen, und nickte auf meine Frage nur hektisch. War klar.

Betty nahm nicht ab. Rocko schrieb ihr eine SMS: «Vierer mit Oliver Flesch (Facebook)?»

Zwei Minuten später klingelte sein Telefon und wir gingen in die Küche, Lautsprecher an. Betty zierte sich. Ein zweites Mädchen sei kein Problem, meinte sie, aber ein zweiter Typ? Den müsse sie erstmal sehen ...

Blabla halt.

Dran bleiben, signalisierte ich Rocko. Er ist gut in diesen Dingen. Wir sind gut in diesen Dingen. Gerade neulich hatten wir eine Frau buchstäblich in ihren ersten Dreier hineingequatscht.

Doch Betty war eine harte Nuss. Nun zog sie die «Kleine Tochter»-Karte. Selbst wenn sie wollte, sie könnte gar nicht weg. Was wäre sie denn bitteschön für eine Mama, wenn sie ihre kleine Tochter eines Vierers wegen allein lassen würde?

Ich gab Ronny durch Handzeichen zu verstehen, dass wir doch auch zu ihr kommen könnten. Wollte sie auch nicht. Dünne Wände und so, ihre Tochter würde alles hören.

Mir reichte es. Ich winkte ab. Bringt nichts. Leg auf, Rocko, leg auf, die verschwendet unsere Zeit.

Wir gingen zurück ins Wohnzimmer. Mein Handy blinkte, ein Anruf in Abwesenheit.

Fuck!

Ohne Nummer, natürlich ohne Nummer, aber bestimmt Dana. Und jetzt? Wieso hatte ich das Handy nicht mit in die Küche genommen, ich Depp?

Das war's dann wohl.

Kein Vierer, keine Dana, kein Koks, denn mein Typ rief auch nicht zurück.

Gott, dieser Abend warf mich um Jahre zurück!

Der Film war zu Ende. Wir sahen und hörten zum zweiten Mal *Stand By Me* in der «Playing For Chance»-Version. Mit neuen, tröstenden Zeilen: «No Matter who you are, no matter where you go.»

Gänsehautalarm. Bei mir, bei Rocko, beim Rest. Nur, wie könnte es anders sein, bei Constanze nicht.

«Oh, wenn ich dieses Lied noch einmal hören muss, kenne ich es auswendig.»

Scheiße, ich kenne das Lied seit dreißig Jahren auswendig, du blöde Fotze, dachte ich. Ich wollte ihr gerade ihre Zimtlatschen ins Maul stopfen, als mein Telefon abermals klingelte.

«Hey, Dana hier. Du, es ist ein bisschen später geworden und ich wollte jetzt kommen.»

Mein Grinsen wurde breiter und breiter, je länger ich in die hässliche Visage von Constanze blickte. Selbstverständlich ließ ich mir nicht anmerken, dass ich seit eineinhalb Stunden sehnsüchtig auf Dana, auf meinen Fick, gewartet hatte.

Aufbruchstimmung.

Und dann fuhr ich los. Zu Hause angekommen, erreichte ich auch endlich meinen Händler: «Na, biste noch unterwegs?»

«Eigentlich nicht. Doch für dich mach ich glatt eine Ausnahme.»

Er lachte merkwürdig, als er das sagte. Ob das vielleicht damit zusammenhing, dass ich mit fünfhundertfünfzig Euro hinten war und mich bereits seit einem Monat nicht bei ihm gemeldet hatte?

Mein Alkoholwahn sagte mir, dass ich Verstärkung brauchte, und ich rief Rocko an, aus Sicherheitsgründen. Wenn du Ärger hast, ist es immer gut, Rocko dabeizuhaben. Das Problem ist nur: Wenn du Rocko dabeihast, hast du auch immer Ärger.

Es klingelte. Dana. Scheiße, nun war ich doch ganz schön aufregt.

Ich drückte den Summer, öffnete die Wohnungstür und telefonierte im Wohnzimmer weiter mit Rocko. Wie unanständig, anständig wäre gewesen, ihr über die Gegensprechanlage zu sagen, in welchem Stockwerk ich wohnte und sie anschließend an meiner Tür zu empfangen, aber ich merkte schon nicht mehr viel.

Sie war bereits im in meinem Flur, als ich sie das erste Mal sah. Drei Dinge wusste ich sofort. Zwei dieser Dinge waren nicht gut.

Ich hätte nicht so viel trinken sollen.

Ich hätte kein Kokain ordern sollen.

Denn: Sie gefiel mir. Sie gefiel mir sogar sehr.

Da stand sie also vor mir, Dana, in meinem Flur. Den Hörer noch in der Hand, das Gespräch mit Rocko nur kurz unterbrechend, begrüßte ich sie fast beiläufig.

Sie gab mir einen Kuss. Auf die Wange? Auf den Mund? Er war

ohne Zunge, das weiß ich noch, und doch sagte er etwas aus, nämlich, dass sie selbstbewusst ist und das zu Recht, wie ich fand, und dass ich noch zum Schuss käme.

Es klingelte erneut an der Tür. Rocko und Fabian. Mein Handy klingelte. Der Mann mit dem Koks war da. Großartig, oder? Nee, eher nicht so. Was, wenn sie nicht mitzieht? Was, wenn sie es abfuckt, dass ich ziehe?

Ich könnte runtergehen, einen Teil der Schulden bezahlen und nichts kaufen. Mal ganz was Neues, aber in der Praxis gab's für mich bereits längst kein Zurück mehr. Das nennt man wohl Sucht.

Ich führte Dana ins Wohnzimmer und goss uns zwei Schnapsgläser des alternativlosen Wodkas Русский стандарт ein. Wir stießen an, noch ein Kuss, diesmal sicher auf den Mund, wieder ohne Zunge und ich schmiss mein Glas rücklings über die Schulter an die Wand, weil man das doch so macht in Russland und weil ich voll wie ein ausverkauftes Haus war. Dummerweise traf ich nicht direkt die Wand, dafür einen gerahmten Jock Sturges-Akt eines Mädchens. Das Glas zerbrach, ein Riss durchzog jetzt ihre kleinen Brüste, doch das Bild blieb hängen.

Ich fand, das war ein gutes Zeichen.

Auf ziemlich wichtig machend sagte ich Dana, ich müsse noch mal kurz vor die Tür, um etwas zu erledigen. Ich fing Rocko und Fabian, meine Leibwächter, im Treppenhaus ab.

«Du schuldest deinem Dealer fünfhundertfünfzig Euro? Wie haste denn so einen heftigen Kreditrahmen bekommen, Mann? Krasse Geschichte», meinte Fabian.

«Nein, Mann», erwiderte ich. «Charlie Chaplin wurde mal bei einem Charlie Chaplin-Doppelgänger-Wettbewerb in Monte Carlo Dritter. Das ist 'ne krasse Geschichte! Das da draußen, das ist etwas anderes.»

Ich hatte monatelang auf den passenden Moment gewartet, dieses Bruce Willis-Zitat anbringen zu können. Also positionierte ich Rocko und Fabian hinter der Haustür, von wo aus sie alles sahen, aber nicht gesehen wurden.

Klaus, mein Händler, den wir «Rock 'n' Roll sieht anders aus»-Klaus nennen, weil er so gar nicht nach einem Partykönig aussieht, saß allein in seinem repräsentativen 96er Golf. Ein mulmiges Gefühl hatte ich trotzdem, als ich einstieg. Doch ich war vorbereitet, durch jahrelanges immer wieder Scheißebauen gestählt.

Schritt 1: Einnehmende Begrüßung, Blick dabei eine Mischung aus Sünder und Sühner.

«Diggie, schön dich zu sehen, Mann.»

Schritt 2: Wind aus den Segeln nehmen, sich entschuldigen und Einsicht zeigen.

«Sorry, Mann. Nee, sag nichts. Echt jetzt mal.»

Schritt 3: Alles erklären, dabei ihn gar nicht erst zu Wort kommen lassen und atemlos reden.

«Ich weiß, was du sagen willst, aber sag nichts. Hör erst mal zu: Du glaubst ja nicht, was mir passiert ist. Ich in Hamburg, Reeperbahn, im Sexkino, mit 'ner Alten, freier Oberkörper, Hose in den Knien, Knick-Knack, hatte alles in meine Jacke gepackt, die neben mir lag, teures Teil, feinstes Leder, Eins-Fünf, alles, verstehste? Kohle, Koks, Handy, Hausschlüssel, Autoschlüssel, gab eigentlich nichts, was nicht drin war. Plötzlich schnappt sich so 'n Wichser die Jacke und rennt los. Erste Sekunde: Ähä?; zweite Sekunde: Schock; dritte Sekunde: Hose hoch und hinterher, mit freiem Oberkörper. Ich also raus, er hatte bereits fünfzig Meter Vorsprung, ich breit, nicht im Training, aber ich blieb dran, Seitenstraßen, immer hinterher, aber hey, ich will dich nicht langweilen, ich kürz die Geschichte ab: Ich habe ihn nicht bekommen. Nein, Mann, er war zu schnell für mich.»

«Gute Geschichte, Alter, aber warum erzählst du mir die?»

Schritt 4: Vom Täter in die Opferrolle schlüpfen.

«Ach so, ja, weil ich deine Nummer nicht mehr hatte. Die war doch im Handy. Ey, weißte überhaupt, was es für ein Stunt war, deine Nummer rauszukriegen?»

Schritt 5: Zuverlässigkeit heucheln.

«Aber du weißt ja, auf mich kannst du dich verlassen. Ich habe keine Ruhe gegeben, bis ich deine Nummer hatte.»

Schritt 6: Die «Kommt nicht wieder vor»-Nummer

«Egal. Nun habe ich sie wieder und nun werde ich sie mir auf'n Arsch tätowieren.»

«Alles klar. Was brauchste?»

«Gib mir mal zwei. Hier sind Hundertfünfzig. Fünfzig ziehste mir von den Schulden ab, okay?»

«Machen wir so. Was geht bei dir noch?»

«Knick-Knack. Willst du noch mit raufkommen?»

Er sagt immer nein, deshalb frag ich ihn auch immer, ich höflicher Mensch, ich.

«Nee, verlockendes Angebot, aber ich muss weiter. Beim nächsten Mal bestimmt.»

«Ganz bestimmt, ja, hau rein, Diggie, ich meld mich.»

Ich fragte Dana gar nicht erst, ob sie auch eine Line wollte. Ich war mir ziemlich sicher, sie würde nicht wollen.

«Willste auch eine, Dana?»

«Nein, danke.»

Rocko wieder.

«Mann, Rocko, wir bieten Frauen keine harten Drogen an, das weißte doch.»

«Hab doch nur gefragt.»

«Ja, ne, echt nicht. Stell dir vor, es wäre ihre erste, stell dir vor, die erste würde sie gierig machen und sie müsste sich übermorgen für ein Gramm an irgendeinen Wichser verkaufen.»

«Das wäre geil.»

«Haste auch wieder recht. Willst du 'ne Nase, Dana?»

Sie lachte. Was gut war, weil es zeigte, dass sie Humor hatte.

Rocko und ich redeten dank des Wodkas eh schon viel dummes Zeug, aber das Kokain verstärkte unseren Redefluss noch. Dana war fast nüchtern. Das passt im Normalfall nicht zusammen, doch sie schien sich zu amüsieren.

Als Rocko kurz in die Küche ging, küsste ich Dana zum ersten Mal richtig. Es war nicht der typische erste Kuss, diese Art von Kuss, bei dem für einen Moment die Welt stehen bleibt, aber es war ein guter Kuss.

Sie schmeckte, ganz im Gegensatz zu mir, lecker. Der Kuss roch nach Verlangen und Leidenschaft.

Als ich ein paar Minuten später aus der Küche kam, küsste Rocko Dana. Hä? Das war jetzt nicht wirklich im Sinne des Erfinders. Nicht, dass ich nicht gern teile. Ganz im Gegenteil. Ein guter Freund kann alles von mir haben. Aber eine Frau, aus der mehr werden könnte als ein schneller Fick? Langsam, langsam, Bruder! Ich würd sie gern erstmal selber ficken.

Ich sah's ihm nach. Er konnte es nicht wissen. Was hätte ich auch sagen sollen, ohne als Depp dazustehen, der Besitzansprüche an eine Frau stellte, die er gerade erst kennengelernt hatte?

Dazu kam, dass Dana den Kuss erwidert hatte, die dreckige Schlampe. Wie geil!

Jetzt wollte ich ficken.

Aber würde es auch auf dem Erektionskiller Kokain klappen? Nun, ich war präpariert, sagen wir es so. Also nahm ich Dana an die Hand und zog sie wortlos ins Schlafzimmer, Rocko kam hinterher. Es ging schnell zur Sache. Wir knutschen, Rocko fingerte, Dana stöhnte heftig. Also entweder ist Rocko der Mann mit dem goldenen Finger oder aber Dana ist leicht zu befriedigen. Sorry, Bruder, aber ich wünsche mir, dass sie eine von den Frauen ist, die ich nur anschauen muss, um ihre untere Region in eine Tropfsteinhöhle zu verwandeln.

Wir klatschten ab. Jetzt war Rocko oben, ich unten. Fuck, sie küssten sich schon wieder. Vollkommen furchtlos, ganz ohne Angst als Depp dazustehen, klatschte ich wieder ab.

«Jetzt schon?», fragte Rocko.

«Ja, jetzt schon. Mach mit ihr, was du willst, aber küss sie nicht mehr. Das fuckt mich gerade ab.»

«Okay ...»

Rocko verstand nicht so recht, er war breit. Brauchte er aber auch nicht, denn Dana verstand. Sie lächelte.

Wir küssten uns weiter, ich leckte ihre Titten, saugte an ihren Nippeln, biss zaghaft hinein, das Light-Programm also, während Rocko sie weiter hart fingerte.

Ihre Brüste waren übrigens ein Thema für sich. Die hatten, bockig wie Teenager so sind, mit zehn oder elf gesagt: «So, Madame, das war's jetzt, wir haben genug, wir wachsen nicht mehr!»

Glück für Dana, Glück für mich, dass ich diese bienenstichartigen Tittchen wie kein Zweiter liebe.

Als Rocko wieder einmal in der Küche verschwand, wurde mir bewusst, wie sehr ich es genoss, sie ganz für mich zu haben.

«Ich würde gern mit dir allein sein, Dana.»

«Ja, ich auch.»

«Du würdest gern mit dir allein sein?»

«Blödmann. Nein, mit dir natürlich.»

«Weiß ich doch. Moment, ich spreche mal mit ihm.»

Rocko saß in der Küche auf dem Boden und machte Sit-ups.

«Was geht'n bei dir, Mann?»

«Bin heute nicht zum Training gekommen, bin gleich wieder bei euch.»

«Gutes Thema, Diggie, pass mal auf, nicht böse sein, aber ...»

«Ihr wollt allein sein.»

«Du hast es.»

«Kein Problem, was dagegen, wenn ich noch bisschen im Wohnzimmer bleibe?»

«Natürlich nicht, fühl dich wie zu Hause.»

«Cool, danke, Mann.»

Endlich allein. Nichts gegen Rocko, er ist mein bester Freund, aber ich wollte Dana nicht teilen, noch nicht, noch lange nicht, dafür mochte ich sie bereits zu sehr. Warum eigentlich? Gute Frage. Das ist diese Mischung aus Magie und Chemie, die sich nicht wirklich erklären lässt.

Mein Schwanz meinte es trotz des Kokains gut mit mir. Er war zwar nicht hart wie Kruppstahl, aber auch nicht so weich wie gekochte Spaghetti, sondern lag irgendwo dazwischen und war somit einsatzfähig.

Das Eindringen fühlte sich gut und richtig an, endlich mal wieder.

Augenscheinlich gefiel es Dana auch. Wir fickten uns mit den Augen und verbal hatte sie es auch drauf.

Irgendwann kam sie, irgendwann kam ich und wir lagen nebeneinander auf dem Rücken und rauchten Zigaretten, wie man es aus Filmen kennt.

Ich fühlte mich ihr nahe und ich fand, wir hatten etwas Besseres verdient als dieses ordinäre Fickdate.

«Möchtest du mich wiedersehen, Dana?»

«Das wär schön, ja.»

«Ein klassisches erstes Rendezvous, Essen gehen, erster richtiger Kuss und so?»

«Du möchtest mit mir Essen gehen?»

Als sie mir diese Frage stellte, verliebte ich mich in sie. Sie war nun plötzlich nicht mehr die Schlampe, die nachts zu einem wildfremden Typen fuhr und sich dort von zwei Typen antatschen ließ. Sie war jetzt ein kleines Mädchen auf der Suche nach der großen Liebe.

I like!

«Du, ich bin müde. Ich muss schlafen. Muss morgen relativ früh hoch. Schlimm?»

«Ach, was.»

«Du bist lieb.»

Und dann gab sie mir noch einen Kuss.

Schön wäre es gewesen, neben ihr einzuschlafen. Das hätte die Nacht abgerundet, doch das war nicht drin, keine Chance.

«Ich geh noch mal rüber zu Rocko, nur ganz kurz, okay?», sagte ich.

«Kommst du wieder?»

«Hallo? Natürlich komm ich wieder.»

«Schön. Ich würde gern deinen Körper an meinem spüren.»

«Wirst du, Baby, wirst du.»

Natürlich kam ich nicht wieder. Auf Kokain komme ich nie irgendwohin zurück. Auf Kokain bin ich einfach nur geil und will ficken oder wichsen, bis das Zeug alle ist.

Nachdem Rocko endlich gegangen war, holte ich mir auf abseitigen Pornoseiten einen runter und hoffte, sie ginge irgendwann einfach. Lautlos, ohne sich zu verabschieden. Nein, mein Interesse an ihr war nicht erloschen, aber ich wollte nicht, dass sie mich in meinem erbärmlichen Zustand sah.

Die Zeit rast auf Kokain. Es wurde hell, es wurde neun, zehn, um elf wollte sie gehen.

Ich hörte, wie sie aufstand, ins Bad ging, sich wusch und ich hörte, wie sie an meine Tür klopfte, doch ich reagierte nicht.

Ich hatte ihr versprochen, zurückzukommen, ich hatte sie enttäuscht, jetzt schon, ich konnte ihr einfach nicht ins Gesicht sehen.

Nach endlosen Minuten hörte ich die Haustür ins Schloss fallen. Sie war weg. Für immer? Konnte gut sein.

Ich hatte wieder einmal keine Downer zum Runterkommen im Haus und der Koksabsturz erwischte mich unabgefedert. Was eigentlich auch kein Problem war. Ich will den Absturz nicht als Freund bezeichnen, aber als guten Bekannten, mit dem ich inzwischen umgehen kann. Doch sobald so eine Nacht etwas Ungutes nach sich zieht, einen verpassten Termin, der wichtig war; eine Freundin, die mich verlassen will, weil sie glaubt, ich hätte sie betrogen; einen lieben Freund; einen Verwandten, den ich enttäuscht habe; oder auch einfach nur etwas, was mir unsagbar unangenehm ist, wird der Absturz zum Horrortrip.

Was wird sie denken? Was wird sie fühlen? Wird sie mich wiedersehen wollen? Nach all dem? Ich hoffte es. Aber ich glaubte es nicht.

Ich sollte versuchen zu schlafen. Vielleicht sah bereits morgen alles wieder besser aus, bestimmt sogar, war doch immer so.

Schlaf, ja, Schlaf wäre jetzt gut. Nur wie?

Die Doku-Reihe *Hitlers Helfer* könnte eine Hilfe sein. Die Frisur und die Stimme Guido Knopps ist ein Schlafmittel ohne Nebenwirkungen. Bei *Hitlers Krieger, Teil fünf, Wilhelm Canaris - Der Verschwörer* schlief ich dann endlich ein.

Zwei Tage später.

Ich habe sie angerufen, aber sie hat nicht abgenommen. Ich habe ihr Nachrichten geschickt, per Telefon, per Mail – keine Reaktion. Fuck!

Na, ich konnte es ihr nicht verübeln, schließlich hatte ich schon weitaus bessere Auftritte in der Mädchenwelt.

Vielleicht hielt sie sich aber auch einfach nur an die an die Drei-Tage-Regel.

Ihr wisst schon, die Regel, die Jesus damals aufgestellt hat.

Der kam ja auch erst nach drei Tagen zurück.

17. Sie

Tatsächlich. Dana schrieb mir nach genau drei Tagen. Eine kurze Entschuldigung, viel zu tun, Blabla, klang unglaubwürdig, klang nach drei Tage zappeln lassen, und dann stand da: «Sag bloß, ich hab dich am Haken?»

Hä? Ich las nicht «Haken», sondern «Hacken» und war erst mal beleidigt. Das Missverständnis löste sich schnell auf und wir verabredeten uns für den nächsten Abend. Das Essen war okay, doch wer interessiert sich bei einem ersten Date schon für die Qualität des Essens?

Ehrlich gesagt weiß ich heute nicht mal mehr, was wir uns bestellten, denn als Dana den Laden betrat - ja, Frauen erscheinen bei Dates nämlich grundsätzlich zu spät -, liefen meine Gedanken Amok. Mein Mund wurde trocken. Ihr Outfit bestand aus einem engen schwarzen Rock und einem dazu passenden Top, das ihren schlanken Körper eindrucksvoll zur Geltung brachte. Heilige Scheiße, diese Frau machte mich durch ihren bloßen Anblick wahnsinnig.

Als wir saßen, zogen wir natürlich erst mal das übliche Programm durch, schließlich waren wir nicht die einzigen Gäste.

«Der Wein ist fantastisch», sagte Dana verschmitzt lächelnd, und gerade als ich zu einer Antwort ansetzen wollte, spürte ich, wie sich ihr Fuß langsam an meinem Bein entlang nach oben tastete. Noch ein Stück weiter und ich lege sie direkt hier auf den Tisch, schoss es mir durch den Kopf. Ich griff mit einer schnellen Bewegung nach ihrem Fuß und hielt in fest, woraufhin sie mir einen mehr als provozierenden Blick zuwarf.

Dana wollte es wissen, denn sie entwand sich mir, lehnte sich nach vorne und sagte: «Ich gehe mir die Nase pudern, vielleicht möchtest du mir dabei helfen?»

Dann erhob sie sich und schlenderte in Richtung der Toiletten, wobei sie die Hüften keck hin und her schwang. Wenn das keine Ansage war, weiß ich auch nicht. Ich blieb noch eine gefühlte Ewigkeit sitzen, nur keine Aufmerksamkeit erregen, dann folgte ich ihr. Mehr grob als sanft drängte ich sie in die enge Kabine. Es blieb keine Zeit, der Kellner würde bald bemerken, dass wir beide nicht mehr im Lokal waren und es bedurfte keiner außergewöhnlichen Kombinationsgabe, um darauf zu kommen, wo wir uns befanden.

Dana stützte sich mit den Armen an den Wandfliesen ab und rieb ihren Hintern ungeduldig an meinem Unterleib. Ich schob ihren Rock nach oben, den Slip achtlos beseite, ließ die Hosen runter und trieb meinen Schwanz mit einem harten Stoß tief in sie hinein. Ein lautes Stöhnen entfuhr ihr. Eine Hand auf ihrem Mund, die andere fest an der linken Brust, gruben meine Finger sich in ihr Fleisch. Immer und immer wieder stieß ich in sie, biss ihr in die Schulter, bis wir beide explodierten.

Die Blicke der anderen Gäste, als wir den Raum wieder betraten, nahmen wir kaum wahr, aber ich glaube, ein anzügliches Grinsen lag auf den einen oder anderen Lippen. Egal, nur raus hier. Schnell zahlte ich die Rechnung, packte Dana am Handgelenk und zog sie hinter mir her.

Fünfzehn Minuten später stolperten wir in meine Wohnung. Die Tür war noch nicht geschlossen, aber unsere Kleider lagen bereits am Boden.

«Gib mir eine Minute. Geh schon mal ins Schlafzimmer und warte im Bett auf mich», bat ich sie.

In der Küche schenkte ich mir ein Glas Leitungswasser ein und nahm einen großen Schluck. Es konnte losgehen. Leise betrat ich das Schlafzimmer. Wie geheißen lag sie bäuchlings auf dem Bett, der Kopf sanft auf ihren Armen. Ich genoss den Anblick, der sich mir bot, und mit langsamen Bewegungen begann ich, ihren Hintern und Rücken zu streicheln, was sie mit einem wohligen Seufzen kommentierte.

Als sie sich umdrehte, schenkte sie mir einen herausfordernden Blick, fuhr sich mit der Zunge die Linien ihrer Lippen nach und flüsterte: «Na komm schon, fick mich, großer Junge.»

Ich fasste mit den Händen ihre Kniekehlen, drückte sie nach oben, nun lag sie völlig offen vor mir. Sie zog die Beine noch weiter an, um ihre Füße an meine Schultern legen zu können, dann hielt ich es nicht mehr aus, umfasste meinen Schwanz und drang hart in sie ein. Ich wollte keine Kuschelnummer, nicht jetzt. Jetzt war der Zeitpunkt gekommen, ihr das Hirn rauszuficken. Schnell und wild stieß ich in sie.

«Das gefällt dir, du kleines Miststück, hm?», spornte ich sie an.

Danas ganzer Körper erzitterte und ich spürte, dass sie kurz vorm Orgasmus stand. Von einer Sekunde zur anderen veränderte sich mein Rhythmus. Unerträglich langsam besorgte ich es ihr nun, was sie fast rasend machte. Gleich würde aus dem Kätzchen eine ausgewachsene Wildkatze werden, das spürte ich. Ihre Zehen, mittlerweile in meinem Mund, krümmten sich. Ich lutschte und knabberte daran, was mich so unglaublich geil machte, dass ich das Tempo wieder beschleunigte. Ihr lustvolles Stöhnen wurde immer unkontrollierter, ihre Augen nahmen einen fiebrigen Glanz an und dann kam sie, laut und hemmungslos. Die Muskeln, die meinen Schwanz umschlossen, zogen sich fest zusammen, was mir in diesem Moment den endgültigen Kick gab. In mehreren Schüben spritzte ich in ihren Unterleib und presste ihren Körper an meinen. Wir hielten einander fest umschlungen, tauschten Küsse und Zärtlichkeiten aus, bis sich der Schlaf wie eine wärmende Decke über uns legte.

Es war ein guter Abend. So konnte es weitergehen. Ich lud Dana zu meiner Lesung tags drauf in den Klub Asphalt, in Berlin Mitte, ein. Als ich erfuhr, meine Kollegin, die Bestsellerautorin Mia Ming, würde auch lesen, schrieb ich eine kleine Geschichte aus dem letzten Sommer auf. Ich war mir nicht sicher, wie Mia meinen Text, eine Ode an eine wunderschöne Frau, aufnähme. Was, wenn sie von Humor befreit war und mich allein hier oben sitzen ließ? Ach, komm scheiß drauf, dann ist es halt so.

«Einen schönen guten Abend, Freunde, ihr müsst entschuldigen, ich bin heute ein bisschen flatterig, ein wenig nervös. Ja, mein letzter Druck ist schon wieder drei Stunden her, und was noch viel schlimmer ist: Mein Heroin ist alle.»

Stille. Fragender Blick von Mia, entsetzter von Dana.

«Scherz, Freunde, Scherz. Kam nicht gut an, merk schon, Notiz machen: Alle «Heroin»-Gags raus und durch Designerdrogen ersetzen.»

Erleichterte Blicke von links nach rechts.

«Ich beginne mit einer kurzen Geschichte, Menschen vom Fach nennen so etwas auch Kurzgeschichte, aber ich möchte euch nicht gleich am Anfang des Abends überfordern.

Die Geschichte, die ich euch nun vorlesen werde, trägt den Titel *Sie*. Glänzend, oder? Ja, ich weiß, ich bin bekannt dafür, Dinge kurz und knapp auf den Punkt zu bringen.

Die Geschichte ist wahr. So wie eigentlich alle meiner Geschichten. Für Erdachtes fehlt mir die Fantasie. Nee, das war jetzt gelogen. Wahr ist jedoch, dass mein Leben spannend genug ist.

So, nun muss ich aber anfangen, sonst wird diese kleine Einleitung länger als die eigentliche Geschichte. Also los: *Es war im letzten Sommer, im Klub der Visionäre, als sie plötzlich vor mir stand.*

Ihr bloßer Anblick ließ mich innerlich niederknien. Es war einer dieser Momente, in denen für einen kurzen Augenblick die Welt still zu stehen scheint. Diese Momente sind äußerst rar, was sie so kostbar werden lässt.

Ihr Gesicht war von bezaubernder Schönheit, damit hatte sie bereits gewonnen.

Ich bin in diesen Dingen einfach gestrickt. Gebt mir eine perfekte zehn, und ich mach Männchen.

Doch da war mehr. Sie wirkte irgendwie zerrissen.

Das gab mir den letzten Kick.

Ich wollte sie.

Unsere Blicke trafen sich und es war an der Zeit, etwas zu sagen.

Nur was?

Bloß keinen Anmachspruch!

Kein abgefucktes ‚Tat's weh, als du vom Himmel gefallen bist?'

Auch nichts bemüht Lustiges wie ‚Glaubst du an Liebe auf den ersten Blick oder soll ich noch mal wiederkommen?'

Nein, nichts dergleichen.

Es musste irgendetwas sein, was direkt auf diese Frau zugeschnitten war.

Sicher, ein einfaches ‚Hey' kommt stets am lässigsten, doch es war schon nach Mitternacht und ich bereits überdrüber, deshalb sollte es halt etwas vermeintlich Cooles sein.

Ich bin ein kreativer Typ, mir fiel sofort etwas ein: ‚Hey, du erinnerst mich an die dusselige Mia Ming.'

Keine Ahnung, warum ich das norddeutsche Wort dusselig *benutzen wollte. Vielleicht, weil mir ‚Du erinnerst mich an Mia Ming' zu platt erschien. Vielleicht, weil ich aus Hamburg komme.*

Ich weiß nur, dass das Wort dusselig *meines Wissens nach keinen Bezug zur Realität hatte, denn ob die echte Mia Ming dusselig, schusselig oder was auch immer ist, wusste ich nicht. Ich hatte sie nie persönlich kennengelernt.*

‚Hey, du erinnerst mich an die dusselige Mia Ming', sagte ich also, doch die umwerfende Frau lächelte nur.

Ein Lächeln, das ich nicht einschätzen konnte.

Und dann verbrachten wir die Nacht miteinander.

Nein, nicht was ihr jetzt denkt!

Wir zogen von Klub zu Klub.

Als sich die Nacht ihrem Ende näherte, ging die schöne Frau brav zu ihrem Freund nach Haus. Klar hätte ich sie gern mitgenommen, oder mich wenigstens tagsüber nochmals mit ihr getroffen, auf eine aufgeschäumte Milch oder so, aber irgendwie stand sie nicht auf mich. Da war nichts zu machen.

Ja, ich weiß, jetzt wird's unglaubwürdig, ich weiß, aber es war wirklich so, Freunde, glaubt es mir bitte.»

Die ersten Lacher. Wurde auch Zeit! Hartes Publikum.

«Kein Plan, woran es lag, vielleicht schrieb sie Treue mit einem großen T, vielleicht kam mein Anmachspruch nur so halb gut an, ich weiß es nicht.

Ich schleppte dann noch eine Spanierin ab, die unbedingt mal einen Blick in meine Pornosammlung werfen wollte und mir daraufhin mein Bett voll-kotzte, weil sie, bis sie mich traf, gar nicht wusste, was Frauen mit Tieren so alles anstellen können.

Dankeschön.

Ach ne, Stopp!

Eines hab ich noch vergessen: Irgendwann im Lauf der Nacht erfuhr ich sogar den Namen der wunderschönen Frau.

Oder sollte ich besser sagen ihren Künstlernamen?

Ja, vielleicht.

Sie hieß, na, wer weiß es, wer weiß es, wer weiß es?»

«Mia Ming», grölte Rocko, der bereits ein paar Bierchen zu viel in-tus hatte.

«Richtig. Dankeschön.»

Wohlwollender Applaus.

«Ich bitte dann mal die bezaubernde Mia Ming auf die Bühne. Na-türlich nicht, ohne sie zu fragen, ob sie immer noch mit dem Typen aus dem letzten Sommer zusammen ist.»

Sie nickte lächelnd.

«Verdammt!»

18. Ein Dreier zum Schämen

Es klingelte an der Wohnungstür. Cool bleiben. Sie weiß bescheid. Ich begrüßte Sarah, als sähe ich sie zum ersten Mal. Das übliche «Schön dich endlich mal -im wahren Leben kennenzulernen»-Blabla, Küsschen links rechts. Ich stellte ihr meine Freundin Dana vor, zeigte ihr meine Wohnung. Ob es glaubwürdig rüber kam, oder eher Bauerntheater, als oscarpreisverdächtig war, vermochte ich nicht zu beurteilen, absurd war es allemal.

Rückblick. Eine Woche zuvor. Es klingelte an meiner Wohnungstür. Sarah. Wie schön. Ich hatte sie über Facebook kennengelernt. Wir chatteten ein bisschen hin und her und es wurde ziemlich schnell klar, was sie wollte: Ficken. Sie gefiel mir, also wollte ich es auch. Aber am liebsten zu dritt. Mit Dana. Das wiederum wollte Sarah nicht, zumindest nicht sofort: «Beim ersten Mal möchte ich dich für mich allein haben», sagte sie.

Es brauchte nicht viel, um mich zu überreden. Ich mochte Dana von Tag zu Tag zu mehr, aber ich liebte sie noch nicht wirklich. Nicht wirklich genug, um ihr treu zu sein.

«Du wohnst in der Kiefholzstraße? Mensch, da war ich schon dreimal zum Ficken!», sagte Sarah, nachdem ich ihr meine Adresse verraten hatte.

OHA! Vor allem, wenn man bedenkt, dass sie zehn Kilometer weit weg wohnte. Der Fick war okay, er schrie nicht unbedingt nach mehr, aber den Dreier mit ihr und Dana wollte ich schon noch mitnehmen.

Es fiel mir nicht schwer, Dana von der Idee, sich mit Sarah zu treffen, um ein wenig Spaß zu haben, zu überzeugen. Sexuell verstanden wir uns von Anfang an blind.

Und da saßen wir jetzt in meinem Schlafzimmer auf meinem Bett und tranken Weißwein. Sarah, Dana und ich. Die Stimmung war locker, es roch nicht nach Unsicherheit oder gar Eifersucht. Ich begann Sarah zu küssen. Dana kniete hinter ihr und streichelte die Brüste unserer Gespielin. Sarah stöhnte leise, ihr Körper zuckte. Wir zogen sie aus. Dann lag sie da in all ihrer Pracht, und ich drang in sie ein.

«Komm schon, Baby, setz dich auf ihr Gesicht!»

Dana grinste. Und nahm Platz. Was für ein Bild! Eine Frau unter mir, meine Frau auf ihr, Sarahs Zunge in ihr. Eines für die Götter, kein Zweifel. Gern hätte ich dieses Bild exakt so auf ewig in meinem Herzen getragen, doch es sollte schon bald ganz fürchterliche Risse bekommen ...

Dana wurde in den Wochen nach dem Dreier immer merkwürdiger. Dauernd machte sie so komische Andeutungen, als ob sie genau wusste, was ich so trieb. Aber sie konnte nichts wissen. Oder etwa doch?

Nö. Woher denn? Sie bluffte bestimmt nur. Frauen sind groß im Bluffen. Mich wundert, dass noch keine Frau die World Series im Poker gewonnen hat.

Ich sagte Dana, ich würde meine Tante und meinen Bruder in Hamburg besuchen, was auch stimmte, ich vergaß nur zu erwähnen, dass ich die Nacht bei einem Flittchen verbringen wollte. Tequila, darauf Koks statt Salz, dann ficken. Das war der Plan. Der aufzugehen schien. Zwischen Koks und Ficken ging ich kurz runter zu meiner Karre, um Dana in Ruhe eine gute Nacht zu wünschen.

«Hey.»

«Was willst DU?!»

«Was soll ich wollen? Ich bin jetzt bei meinem Bruder, wollte gleich schlafen und dir vorher noch ...»

«Du bist nicht bei deinem Bruder!»

«Hä? Klar bin ich das! Wo soll ich denn sonst sein? Ey, was ist denn schon wieder los mit dir?!»

Stille.

«Dana? Dana? Biste noch da? Dana?»

FUCK! Ich rief noch mal an, sie drückte mich weg. Was war das nur für ein misstrauisches Miststück? Wie kam die darauf, dass ich nicht bei meinem Bruder war? Gut, ich war's tatsächlich nicht, aber woher wollte SIE das denn wissen? Hä? Eben. Ach, die wusste es gar nicht. Die bluffte wieder nur. Wie immer also. Ich ging zurück zu dem Flittchen.

Der nächste Morgen. Nee, es war eher Mittag, früher Nachmittag, um genau zu sein. Mir ging's dreckig, scheiß Koks, scheiß Absturz, scheiß Koksabsturz. Ich war übermüdet, hätte noch drei Tage weiterschlafen können, aber das Flittchen schmiss mich raus, weil es zur Arbeit musste. Der Fick war auch nicht so prall gewesen, scheiß Koks, ich wollte nur noch in mein Bett. Blöderweise stand das dreihundert Kilometer weit weg. Also rein in die Karre und mal schauen, was der alte Opel so hergab.

Drei Stunden später, die sich wie dreißig anfühlten, war ich zurück in meiner Stadt. Nicht in meinem Bett allerdings. Dafür in dem eines Mädchens aus dem Ruhrpott, das ich aus der Zeit vor Dana kannte. Keine Ahnung, was mit mir nicht stimme, keine Ahnung, warum ich bei dieser Frau war, keine Ahnung, warum ich sie fickte, eh nicht, und außerdem hatte mich Dana gebeten zu ihr zu kommen, sobald ich wieder in Berlin war.

Und so fuhr ich zu ihr. Beschmutzt von den Körperflüssigkeiten zweier Frauen, beschmutzt vom Duft des Betruges. Sie sah nicht gut aus, als sie mir die Tür öffnete. Kaputt. Vollkommen kaputt. Wortlos ging sie in ihr Bett. Ich hinterher.

Ich löschte das Licht. Nicht nur damit Dana eventuelle Kratzer meiner letzten beiden Eskapaden verborgen blieben, nein, ich mag es. Lieben im Dunkeln wird unterschätzt. Es kann, mit der richtigen Frau, eine wunderbare Sache sein, sich nur auf seinen Tastsinn zu verlassen. Als ich langsam in sie eindrang, war es, wie nach Hause kommen. Ich spürte, hier genau, und nirgendwo anders, gehöre ich hin.

Mir wurde wieder einmal bewusst, dass es keinen Sinn ergab, andere Frauen zu ficken, da sie mir nicht im Ansatz das geben konnten, was Dana mir gab. Ich verfluchte mich wieder einmal dafür, dass meine Liebe nicht ausreichte, um endlich die Finger von anderen Frauen zu lassen. Ich fragte mich, ob sie die beiden Pussys, die ich vor ihr gefickt hatte, riechen würde. Ich fragte mich, ob …

«Benutz mich!»

Oh, wie ich diese Aufforderung liebe! Es gibt kaum einen Satz, der mich mehr erregt.

«Nimm dir, was du willst, und gib mir, was ich brauch!»

Lord have Mercy! Ein Best of meiner Lieblingssätze. Sie hatte es einfach drauf!

Nachdem es vorbei war, lagen wir noch immer im Dunklen. Einzig die kirschrote Glut unserer Zigaretten spendete etwas Licht. Dana lag mit dem Kopf auf meiner Brust, als sie mir sagte, sie müsse mir etwas gestehen …

«Hast du dich nicht gewundert, woher ich wusste, dass du nicht bei deinem Bruder warst?»

«Hä? Wieso war ich nicht bei meinem Bruder?!»

Dana legte mir behutsam den Finger auf Mund und sagte: «Es ist vorbei. Du brauchst nicht mehr zu lügen, ich weiß alles, verstehst du, alles.»

Ich verstand. Es war der Moment, in dem mir erstmalig klar wurde, dass Dana alles, was ich ihr angetan hatte, wusste. Alles. Woher auch immer. Mir wurde schlecht. Also wirklich übel. Ich sprang auf, knallte mit dem Schienbein gegen einen Glastisch und schaffte es grad noch einen bittersauren Schwall punktgenau in Danas Toilette zu kotzen.

Ich putzte mir die Zähne, Dana lehnte an der Badezimmertür, fuhr sich durch ihre langen Haare und lächelte milde. Sie lächelte! Was lief hier nur für ein sonderbarer Film ab?

«Wer hat's dir erzählt?»

«Niemand.»

«Dana, komm schon, diese Sache ist zu wichtig, um irgendjemanden zu decken. Es ist ernst, verstehst du?»

«Das erzählst du mir? MIR?»

«Verzeih, ich bin komplett durcheinander gerade.»

Sie nahm mich an die Hand und zog mich durch die Wohnung zurück aufs Bett. Wir knieten voreinander, sahen uns an. Tiefe Ringe unter ihren Augen, ihre Brüste waren noch ein bisschen kleiner geworden, ihre Beckenknochen ragten spitzer als eh schon hervor. Sie musste kaum geschlafen haben, nichts gegessen – was hatte ich dieser Frau nur angetan?

«Ich sagte doch, ich muss dir was gestehen.»

«Ja.»

«Weißte noch neulich, als Firefox nicht funktionierte, du über Explorer reingegangen bist?»

«Dunkel.»

«Tja, hättste dich mal ausgeloggt.»

Nein. NEIN. NEIN! Obwohl: «Nein» trifft es nicht, mir war eher nach diesem «NNNEEEIIINNN!!!», das man aus amerikanischen Filmen kennt, wenn sich die Liebe deines Lebens eine Kugel einfängt, die eigentlich für dich bestimmt war.

«Was hast du gelesen?»

«Alles, Oliver, alles.»

«Was bedeutet das – alles?»

«Das bedeutet, dass ich seit sechs Wochen jeden Satz gelesen habe, den du auf Facebook geschrieben hast.»

Das war zu viel. Nicht nur sie wusste, was ich die letzten sechs Wochen getan hatte, auch ich wusste es. Da waren vier bis fünf Frauen, mit denen ich mich zum Ficken verabredet hatte, da waren zwei Frauen, denen ich gesagt hatte, dass ich sie lieben würde (reines Warmhalten, Kachelmann-Style). Und das war noch nicht einmal das Schlimmste. Das Allerschlimmste, das, was ich mir niemals verzeihen werde, war, dass ich mich über Dana lustig gemacht hatte.

Tränen schossen aus mir heraus. Tränen der Scham. Dana nahm mich in den Arm und sagte mir, dass alles gut würde. ICH heulte. SIE tröstete mich. Verkehrte Welt. Aber plötzlich, ganz plötzlich, war sie mir so nah wie nie zuvor.

«Wusstest du es schon, als wir uns mit Sarah zum Dreier getroffen haben?»

«Klar.»

«Du wusstest, dass ich mich eine Woche vorher mit ihr getroffen habe?»

«Ja.»

«Oh, mein Gott! Warum hast du nichts gesagt?»

«Ich weiß es nicht. Ich weiß es wirklich nicht.»

«Weißt du, wenn ich auch nur einen Halbsatz lesen würde, aus dem hervorgeht, dass du mich bescheißt, würd ich aber so was von sofort bei dir auf der Matte stehen!»

«Ich weiß, Oliver, ich bin halt anders als du, ich konnte es einfach nicht.»

«Und heute? Du weißt, wo ich gestern war, aber weißt du auch, wo ich eben war, kurz bevor ich zu dir kam?»

«Natürlich. Ich sagte doch, ich hab alles gelesen, Oliver.»

Jetzt weinte auch sie. Ich nahm sie in den Arm. Wir drückten uns ganz fest. Wir liebten uns noch einmal. Es war so innig, es war so schön wie nie zuvor.

Vielleicht brauchte ich diesen kranken Beweis ihrer Liebe. Ich weiß es nicht, ich kann es mir selbst nicht erklären. Aber eines weiß ich: Ab dem Moment, als sie mich in den Arm nahm und mir sagte, dass alles gut würde, liebte ich diese Frau.

19. Unter die Haut

Jedem Tag sollte ein Moment innewohnen, der dir ein Lächeln ins Gesicht zaubert. Erst dann, so finde ich, kannst du sagen: Es war ein guter Tag.

Ich war am Nachmittag mit Rocko in Treptow verabredet. Für die Bahnfahrt nahm ich ein Buch aus dem Regal. Eines, das ich bislang so ein bisschen verschmäht hatte. Dana hatte es mir zu Weihnachten geschenkt und irgendwie roch es für mich nach einem Mädchenbuch. Ein Liebesroman halt. Doch eigentlich hätte ich es längst lesen müssen, schließlich hatte sie es mir wärmstens empfohlen und mein Held Nick Hornby (High Fidelity) pries es auf dem Rücken überschwänglich an: «Fesselnd, klug und wunderbar zu lesen.» Doch wie gesagt, irgendwie traute ich mich nicht ran.

Es läuft nicht mit Dana und mir. Offen gesagt, läuft es gar nicht. Wir sind nicht mehr zusammen, wir sehen uns noch nicht einmal.

Es ging hin und her in den letzten Monaten. Sie hatte versucht, mir zu verzeihen, und manchmal gelang ihr das auch, aber die Wunden, die ich ihr zugefügt hatte, wollten einfach nicht verheilen.

In solch unruhigen Zeiten lese ich keine Bücher. Romane lese ich eh selten, eher Sachbücher oder Biografien. Ich habe beim Lesen die Unbekümmertheit meiner frühen Jahre verloren, mir fällt es schwer, dem Autor seinen Shit abzukaufen. Es muss schon verdammt gut geschrieben sein, um mich in die Handlung zu ziehen. Vielleicht auch weil ich selbst schreibe, bin ich äußerst kritisch. Gleich auf der ersten Seite las ich etwas von einem Paar, das auf einem «schmalen Einzelbett» lag. Das reichte mir schon. Hätte ich eine Zeitschrift dabei gehabt ... Hatte ich aber nicht.

Vielleicht sollte ich euch meinen Gedankengang erklären: «Schmales Einzelbett», oh, Gott! Was für Anfänger! Alle! Autor und Lektor! Warum erzählt er mir, dass das Einzelbett schmal war? Was soll es sonst sein, wenn zwei Menschen drauf liegen? Breit? Und überhaupt: Schmales Bett! So etwas schreibt man nicht. Genauso wenig wie «hohes Haus». Warum nicht? Nun: Was ist ein hohes Haus? Ist es ein Plattenbau in Marzahn? Oder das Empire State Building? Ein hohes Haus sagt gar nichts. Ein schmales Bett auch nicht.

Und dann las ich weiter. Ich las von zwei Menschen, die aufs selbe College gingen, gerade ihren Abschluss gemacht hatten, in ihrer kargen Wohnung auf einem Einzelbett lagen, sich über ihre Zukunft unterhielten und sich zwischendurch küssten. Doch es war keine klassische Liebesgeschichte, die beiden passten überhaupt nicht zusammen. Er war ein selbstsicheres Kind der Oberschicht, ihr Bettlaken roch nach billigem Waschmittel. Er sah sich in der Zukunft reich und berühmt, sie sah sich gar nicht mehr, weil ein Atomkrieg die Welt auslöschen würde.

Ihr müsst wissen: Der Anfang des Buches spielt 1988, in den letzten Tagen des kalten Krieges also. Er wollte nur ficken, sie sehnte sich nach Liebe.

Und plötzlich war ich drin. Hier unterhielten sich zwei echte Menschen in authentischer Sprache, garniert mit passendem Zeitkolorit. Ich las große Sätze der Popkultur, wie diesen hier: «In den vergangenen vier Jahren hatte er, über die Stadt verteilt wie Tatorte auf einer Karte, unzählige solcher Schlafzimmer gesehen, in denen man nie weiter als zwei Meter von einem Nina Simone-Album entfernt war.»

Ich las lustige Sätze (sie ist gerade auf Toilette, er stöbert in ihrer Wohnung): «Noch ein Buch. Der Mann, der seine Frau mit einem Hut verwechselte. Was für ein Idiot, dachte er in der Gewissheit, dass ihm so ein Irrtum nie unterlaufen würde.»

Ich kaufte David Nicholls, so heißt der Autor, jedes Wort aus seinem Buch *Zwei an einem Tag* ab. Das kommt so selten vor, deshalb freute es mich so sehr. Ich hielt einen Augenblick inne, blätterte auf die ersten Seiten zurück, um dort eventuell etwas über den Autor zu erfahren.

Oh, eine Widmung! Mit Bleistift geschrieben. Von ihr. Die hatte ich ja noch gar nicht gesehen.

Dieses Buch hat mich zu Tränen gerührt. Es ging mir unter die Haut.
So wie Du.
Deswegen ist es das richtige Buch.
Von mir für Dich.
In Liebe
Dana

Ich war sprachlos. Sie ging mit solchen Liebesbekundungen äußerst sparsam um. Kunststück, ich war oft nicht lieb zu ihr. Es gab also keinen Grund, mir Zucker in den Arsch zu blasen. Unter die Haut gehen – WOW! Es war das Rührendste, was sie mir je geschrieben hatte.

Es war mein Moment. Der Moment, der aus diesem Tag einen guten Tag machte.

Dennoch bekamen wir es einfach nicht hin. So sehr wir es auch versuchten. Vertrauen ist für Frauen das Wichtigste in einer Beziehung. Ihres hatte ich missbraucht, geradezu vergewaltigt; ich bemühte mich wirklich, es wieder aufzubauen, vergeblich. Dabei konnte ich – wie ich fand – mit einem guten Argument aufwarten. Ich hatte sie betrogen, mehrmals, schon klar, aber zu dem Zeitpunkt hatte ich sie ja auch noch nicht geliebt. Okay, dass ich mich nicht von ihr getrennt hatte, als ich bemerkte, dass dem so war, macht ein Arschloch aus mir, auch klar. Nur: Wer sagt, dass man Arschlöchern nicht vertrauen kann? Ich war ja nun kein Vierundzwanzig/Sieben-Arschloch. Ich meinte es inzwischen wirklich ehrlich, und wenn wir uns sahen, schien sie mir das auch zu glauben, aber kaum war ich mal zwei, drei Tage nicht bei ihr, meinte sie, dass es mit uns keinen Sinn mehr ergäbe.

Wir hatten uns eine knappe Woche nicht gesehen, ich hatte mich sehr auf den Abend gefreut.

Es begann kalt («Wir müssen reden!» Dachte eigentlich, diesen Satz gibt es nur in Filmen), wurde noch kälter («Ich kann so nicht weitermachen»), glitt ins Dramatische ab (Da stand dieser große Teller mit dem leckeren Obst, das ich kurz, bevor sie kam, für sie geschnibbelt hatte. Er stand nicht lange da, der Italiener in mir, ihr versteht), ging ins Gönnerhafte über («Ich will dir nichts vormachen»), endete unbarmherzig («Ich will einfach nicht mehr»).

Es gab dann in der Nacht noch einen Hoffnungslauf, bei dem sie kam und kam und wieder kam und bei dem sie ganz plötzlich auch wieder in der Lage war «Ich liebe dich!» zu sagen, aber Lust allein reicht halt nicht.

Der eigentliche Abschied vor gerade mal zwei Stunden war filmreif.

«Willst du wirklich aufgeben?», fragte ich sie an unserem letzten Abend, weil ich einfach nicht begreifen konnte, wieso sie sich von einem Mann, den sie liebte, trennte.

«Ich habe schon lange aufgegeben», war ihre Antwort, die einiges erklärte.

«Dann geh», sagte ich.

Und das tat sie dann auch. Wortlos.

Ich ging auf den Balkon, rief ihren Namen, sie schaute nach oben, hielt, um Fassung ringend, die Hände vors Gesicht, es nützte nichts, sie weinte, ja, scheiße, ich weinte auch, sie ging zu ihrem Wagen, wischte sich die Tränen vom Gesicht, drehte sich noch einmal um, ich winkte ihr ein letztes Mal hinterher und dann fuhr sie los und war verschwunden. Aus meinem Blickfeld, aus meinem Leben.

Wir Männer können mit Verletzungen besser umgehen, wir sind auch pragmatischer, deshalb stellen wir uns es gern einfach vor. Sie liebt mich, ich liebe sie, was will sie eigentlich noch? Wie's wirklich in ihr aussah, erfuhr ich erst durch einen Text, den sie auf ihrer Facebookseite gepostet hatte. Er drehte sich um die Nacht, die ich grad beschrieb und er hieß ...

20. Das war es also

Ein gellender Schrei riss sie abrupt aus dem Schlaf und hallte in ihr nach. Verstört richtete sie den Oberkörper auf und sah sich schlaftrunken um. Da war die vertraute Unordnung ihres Schlafzimmers und vor den Fenstern ein geradezu unverschämt blauer Himmel.

Und es war ... sie überlegte ... es war Sonntag. Gut. Sie ließ sich zurücksinken.

Aber was war das für ein Schrei gewesen? Sie drehte sich auf den Bauch und grub sich zwischen die Decken, Laken und Kissen. Versuchte, diesem Tag zu entkommen, vielleicht auch ihrem Leben. Sie schloss die Augen. Da dröhnte das Echo des Schreis. Er kam aus ihrem Herzen und erinnerte sie an das, was geschehen war.

Es war vorbei. Sie hatte ihn herausgetrennt aus ihrem Leben und versuchte nun, alle Fäden zu ziehen, die er hinterlassen hatte. Eine schmerzhafte Prozedur und vermutlich ein aussichtsloses Unterfangen. Narben würden bleiben, so viel stand fest.

Er war durch ihr Leben getobt wie ein Orkan und hatte ein Chaos hinterlassen. Spuren der Verwüstung? Auch das. Sie dachte nach. Vor etwa sieben, acht Monaten hatte sie ihn kennengelernt. Ein gutes halbes Jahr also. Das reichte. Das musste reichen. Es hätte ohnehin schon viel früher beendet werden müssen. Er hatte sie verraten. Nicht nur enttäuscht. Enttäuschungen gehörten von Beginn an zu ihrer Beziehung, wie der Regen zu den Novembertagen, in denen sie sich begegnet waren. Ihr fehlte die Erfahrung, ihm der Wille, und so stolperten sie durch ihre gemeinsame Anfangszeit. Sie wollte, aber konnte nicht recht; er konnte, aber wollte nicht recht.

Dann kamen diese Tage im Januar, die dramatischsten, die sie je erleben musste. Sie brauchte ihn so sehr in dieser Zeit, aber er hatte sie im Stich gelassen. Ihre Freunde hatten sie aufgefangen, wie schon so oft. Sie gaben ihr Halt; holten sie auf den Boden zurück, den er ihr unter den Füßen weggerissen hatte. Die besten Menschen, die sie in ihrem Leben hatte.

Und dennoch sehnte sich ihr Herz nach ihm. Nach ihm. Nach ihm. Er kam nicht, obwohl er es versprochen hatte. Sie starb nicht wirklich, aber ein bisschen. Sie weinte viele bittere Tränen der Verzweiflung in dieser Zeit und schaffte es doch nicht, ihn aus ihrem Herzen zu spülen.

Wer kann so etwas verzeihen? Wie kann man so etwas verzeihen? Sie wusste es nicht, aber sie wollte nicht aufgeben. Ihn nicht. Noch nicht. Sie war noch nicht so weit.

Niemand verstand das.

Und das machte es kompliziert. Ihr Leben entwickelte sich zum Versuch, eine Balance zwischen den Ansichten ihrer Freunde und ihren eigenen Wünschen zu finden; zum Versuch, die Entscheidung zwischen ihm und ihren Freunden nicht treffen zu müssen. Der Versuch schlug fehl. Sie machte Fehler. Sie verlor. Eine ihrer besten Freundinnen ertrug ihr Verhalten nicht mehr und verließ sie.

Gestern war das.

Gestern erst. Was für ein schlimmer Tag, was für ein Verlust. Mit diesen wunden Gedanken schlief sie wieder ein.

Erneut ein Schrei. Diesmal in ihrem Traum. Im Traum hatte sie die verlorene Freundin angerufen. «Wie konntest Du mir das antun?», rief diese. Mit so viel Enttäuschung in der Stimme, so viel Schmerz, so voller Vorwurf, dass an der Endgültigkeit ihrer Entscheidung kein Zweifel mehr bestehen konnte.

Sie wachte wieder auf. Es tat weh. So viel war passiert. Zu viel, um es zu ertragen, ohne daran zu zerbrechen. Insofern war ihre Freundin konsequenter als sie selbst. Sie fragte sich, wieso sie so lange bei ihm geblieben war. Nach den eiskalten Januartagen hoffte sie auf die belebende Kraft des Frühlings. Und dann, als die Tage endlich spürbar länger wurden und die Märzsonne zu wärmen begann, da fand sie heraus, dass er sie nicht nur verraten hatte, sondern auch ausgenutzt, betrogen und hintergangen. Er *hatte viele schlimme Dinge getan. Sehr viele, sehr schlimme Dinge. Und nun wusste sie davon. Was sollte sie mit dieser Wahrheit anfangen? Während sie darüber nachdachte, machte sie einfach weiter. Sie sagte ihm nichts. Eine Zeit lang fühlte es sich an, als spiele sie eine Rolle. Aber es war doch kein Film. Es war doch ihr Leben!*

Ohne wirklich zu gehen, entfernte sie sich immer weiter von ihm. Irgendwann gab er ein paar Dinge zu. Das sei nur geschehen, weil er sie damals noch nicht liebte, sagte er. Jetzt o aber sei es anders. Er ahnte ja nicht, dass sie alles wusste. Vielmehr, als er glaubte. Dass er ihr Vertrauen so grundlegend zerstört hatte, dass sie nichts mehr von dem annehmen konnte, was er nun zu geben bereit war. Und als der Druck zu groß wurde, gab sie ihrem Verstand recht und machte Schluss. Ihr Herz aber hatte noch immer nicht genug.

Obwohl er es ihr mit Seelenmüll vollgestellt hatte wie eine staubige Dachkammer. Unter der Patina der bösen Erinnerungen trug sie ihn nach wie vor darin.

So kam das Ende erst gestern. Bis dahin hatte er sein Möglichstes versucht. Ihr seine Liebe beteuert. Seine Treue geschworen. Um Verzeihung gebeten. Ihr die schönsten Momente geschenkt, die sie beide je hatten.

Und doch erreichte er sie nicht mehr. Eine gemeinsame Zukunft erschien ihr unmöglich. Einfach unmöglich. Wie lange würde es dauern, bis er sie wieder verletzte? Sie konnte das nicht zulassen. Unmöglich. Es gibt keine Zukunft ohne Zuversicht.

Sie hatten sich eine knappe Woche nicht gesehen. Sie fuhr zu ihm. Er kam ihr entgegen. Mit geöffneten Armen und geöffnetem Herzen. Mit einem strahlenden Lächeln voller Vorfreude. Sie wischte ihm das Lachen mit drei Worten aus seinem Gesicht.

«Wir müssen reden.»

Und sie litt, als sie sah, wie seine Freude in Enttäuschung umschlug. Doch es gab keine Wahl. Es wurde ein langer Abschied. Er wollte sie nicht gehen lassen. Er spürte, dass ihr Herz bleiben mochte.

«Du liebst mich doch», sagte er.

«Ich liebe dich», sagte sie. Aber Liebe allein reicht halt nicht.

Ihr Verstand trieb sie an. «Ich kann so nicht weitermachen», sprach sie und versuchte damit, ihn und ihr Herz zum Schweigen zu bringen. Es klang kalt, obwohl in ihr ein Feuer loderte, das sie fast verbrannte. Er hatte sich so viel Mühe gegeben. Er war so hoffnungsfroh. Sie konnte ihn nicht länger hinhalten, wo sie doch wusste, dass sein Mühen zum Scheitern verurteilt war.

«Ich will dir nichts vormachen», erklärte sie ihm also. Nicht gönnerhaft, sondern ehrlich. «Ich will einfach nicht mehr.»

Das musste er doch verstehen. Es war zu spät. Warum, warum nur hatte er all dies nicht früher tun können? Bevor sie die Hoffnung verloren hatte. Nun gab es kein Zurück in eine gemeinsame Zukunft mehr. Und als er sie fragte, ob sie wirklich aufgeben wolle, da antwortete sie leise: «Das habe ich schon.»

«Dann geh», erwiderte er.

Und das tat sie. Wortlos.

Sie lief die Treppen barfuß hinunter, und jede Stufe, die sie von ihm wegführte, fühlte sich falsch und richtig zugleich an. Ihre Seele war so rau wie der Teppichboden unter ihren Füßen. Als sie auf die Straße trat, hörte sie ihn ihren Namen rufen. Sie hob ihr tränennasses Gesicht. Auf dem Balkon in der Sonne stehend sah er genauso verloren aus, wie sie sich fühlte. Sie wusste nicht, woher sie die Kraft genommen hatte, in ihren Wagen zu steigen und los zu fahren. Sie tat es einfach.

Noch keine 24 Stunden war das her. Jetzt lag sie an diesem heißen Julisonntag in ihrem Bett, traurig und einsam, und dachte über das Geschehene nach. Warum? Wozu? Wohin? Und da sie keine Antworten fand, hörte sie auf zu fragen, stand auf und ging hinaus, um sich von der Sommersonne ihr verkühltes Herz wärmen zu lassen.

Hab Danas Zeilen gerade noch mal gelesen. Gott, was war ich für ein Arschloch! Wie gern würde ich die Zeit zurückdrehen und von vorn beginnen, aber das Leben ist nun mal kein Fantasyfilm. Ich kann nur versuchen, es beim nächsten Mal besser zu machen. Nicht mehr bei Dana. Sie ist weg. Verständlicherweise nach all dem.

Ob wir zueinander gepasst hätten, werden wir wohl nie erfahren. Wir hatten von Beginn an keine Chance. Aber eines weiß ich: Sie war die Großartigste aller meiner Frauen. Die erste, die ich bewunderte, zu der ich aufschaute, die klüger war, die mehr wusste als ich. Sie sagte mal, ich hätte ihr eine neue Welt gezeigt. Das kann ich nur zurückgeben. Nicht nur im Bett, aber auch, schließlich hatte ich mit mir den Sex meines Lebens. Scheiße, ich vermisse sie noch heute. Auch, weil wir nicht im Reinen auseinandergingen, ich keine Chance hatte, all das, was ich ihr antat, wieder gutzumachen.

Mit schlechtem Gewissen plage ich mich normalerweise nicht länger als zwei, drei Tage herum. In ihrem Fall ist es anders, wie so vieles anders war, ich schäme mich noch heute dafür, dass ich ihr den Glauben an die wahre Liebe nahm.

21. Das Ende

Kein Happy End, also. Hand aufs Herz: So richtig Glück hat mir die Bloggerei in den letzten Jahren nicht gebracht. Keine Ahnung, woran es liegt. Vielleicht an meiner himmelhohen Anspruchshaltung, die ihr in meinem Intro «Wäre meine Schreibe ein Mädchen» noch einmal nachlesen könnt.

«So ein Mädchen gibt es auf dieser Welt nicht!», schrieb mir Helge Timmerberg, einer meiner Lieblingsautoren.

Echt nicht, Helge? Wäre schade. Echt. Und nee, ich möchte noch nicht aufgeben. Ansprüche runterschrauben und so. Aber vielleicht sollte ich meinen Weg zum Glück überdenken und mal wieder mehr unter Leute gehen. Scheiße, es ist Sommer! Ich war nicht ein Mal baden, stand nur ein Mal auf meinem neuen Longboard, saß nicht ein Mal in einem Straßencafé. Gut, dafür schrieb ich dieses Buch. Es ist nun fast fertig. Ich muss es nur noch überarbeiten. Ich sollte eine Pause machen und mich von den Sonnenstrahlen da draußen kitzeln lassen. Ja, das sollte ich tun.

Outroktion

Der Sommer, der dieses Jahr seinen Namen nicht verdient, ist dem Herbst schon fast erlegen. Nicht weiter wild, mir geht's gut, bin «back in shape», wie der Berliner sagt, habe meinen Drogenkonsum praktisch auf null runtergeschraubt, schreibe am Abend, bin immer in Bewegung, tagsüber viel draußen, was eine gesunde Urlaubsbräune nach sich zieht, und treibe täglich Sport.

Mit Neo-Folk auf meinem iPhone, gerade läuft *The Gardener* von The tallest Man on Earth, cruise ich auf meinem Rad, das den lässigen Namen 8-Ball trägt, gerade von Treptow nach Kreuzberg. Auf der Oranienstraße werde ich zu einer Vollbremsung gezwungen. Nein, nicht von einem Auto, sondern von einer Frau. Es ist einfach nur ihr Anblick, der mich bremsen lässt.

Ich stelle mich ihr noch auf meinem Poser-Cruiser in den Weg und sage: «Oh, du bist aber hübsch.»

Ja, zugegeben, diese Anmache klingt unglaubwürdig, aber zu Unrecht, denn sie gehört in mein Standardrepertoire und kommt meist gut an.

«Dankeschön.»

«Warte mal, ich kenne dich irgendwoher.»

Sie lächelt, schon mal gut.

«Du kennst mich irgendwoher her? Mann, das klingt ja fast noch abgefuckter als ‚Du bist aber hübsch.'»

«Nicht wahr? Abgefuckt ist mein zweiter Vorname, Herz.»

«Herz? Sind wir schon so weit?»

«Na, aber ich hoffe doch.»

«Ich denke nicht. Aber weißte, was der Witz ist?»

«Sag's mir.»

«Du kennst mich wirklich.»

«Echt?»

«Ja, Mann.»

«Sag ich doch. Äh, woher denn? Germany's next Top-Freundin?»

«Lustig. Du weißt es echt nicht mehr?»

«Sieht so aus, nich?»

«Ich mache dir 'nen Vorschlag: Du lädst mich drüben im Lucia auf etwas Eisgekühltes ein und wir spielen *Wer bin ich.* Ich gebe dir fünf Fragen. Kommste drauf, darfste mich wiedersehen. Kommste nicht drauf, war's das mit uns beiden. Deal?»

«Klar.»

Wow, wie cool kann man sein? Da bin ich doch dabei.

Es ist vielleicht der letzte Sommertag, der es gut mit mir meint, und wir können draußen sitzen.

Sie bestellt eines von diesen Männerbieren, Astra oder so, ich einen von diesen Mädchencocktails, Piña Colada oder so. Wie stoßen an, unsere Finger berühren sich dabei ganz zufällig, ihre sind feingliedrig und zart, Nägel ohne Lack, Mädchenhände, umwerfend schön wie der Rest.

«Also, als Fragen zählen nur die, die du mit ‚Nein' beantwortest, richtig?»

«Richtig.»

«Okay, also los: Bist du eine Frau?»

«Witzig. Weiter.»

«Kennen wir uns aus dem Netz? Facebook, oder so?»

«Nein.»

«Gut. Endlich mal eine.»

«Sahen wir uns in Berlin?»

«Ja.»

«Habe ich einen guten Eindruck gemacht?»

«Oh, nein.»

Fuck! Ich hätt's mir ja denken können, was für eine verschenkte Frage.

«Gefiel ich dir?»

«Nein. Eine haste noch, los komm schon, streng dich ein bisschen an.»

«Ich versuch's ja, verdammt! Aber das klingt gar nicht gut. Hab ich mich daneben benommen?»

«Oh, ja.»

«Ah, okay, dann war ich wohl volltrunken. Hatte wahrscheinlich einen Blackout, was auch erklären würde, warum ich dich nicht wiedererkenne.»

«Nein, volltrunken warst du nicht. Das hätte gerade noch gefehlt. Du hast nur noch eine Frage, mein Lieber. Das wird wohl nix mit uns beiden, bin praktisch schon weg.»

Die Wahrheit ist, Freunde, ich wusste längst, wer sie war. Ich wusste es bereits, als ich sie aus der Ferne sah, doch ich wollte ihr kleines Spielchen mitspielen. Ich hatte bei unserem ersten Date wahrlich keinen guten Eindruck gemacht, und sie musste mich für ein Riesenarschloch gehalten haben.

«Hast du eine beste Freundin, die optisch und auch sonst so der komplette Gegenentwurf zu dir ist.»

«Wenn du das so ausdrücken willst.»

«Beginnt dein Vorname mit ,M'?»

«Äh, ja?»

«Trägt eine deutsche Schauspielerin, die Romy Schneider ähnelt, denselben Vornamen?»

«Ja, Mann.»

«Na, Marie.»

«Du Arsch! Seit wann wusstest du es?» Als sie das sagt, schenkt sie mir ein umwerfendes Lächeln. Augenscheinlich mag sie mich.

«Von Anfang an, wie hätte ich dich vergessen können, schließlich denke ich, seitdem wir uns das erste Mal sahen, jeden ...»

«Psst.»

Marie, die Frau, die laut Rocko, wie keine Zweite zu mir passt, legt ihren Zeigefinger auf meine Lippen und sagt: «Lass es uns nicht mit einer Lüge beginnen, Oliver.»

Mehr vom Autor? Gern. Klickt auf:

Wahre Männer - Das eMag von Oliver Flesch

www.oliver-flesch.com

FRAU HÖLLE
LUCI VAN ORG

Der Eingang in die Welt der Toten liegt nicht irgendwo in dunklen Wäldern – er liegt mitten in Berlin, versteckt zwischen Vorkriegs-Mietkasernen. Und Totengöttin Hel – heute besser bekannt als Frau Holle – lebt genau hier unerkannt unter den Menschen. Aber nicht nur sie, auch jede Menge andere, von uns längst vergessene Götter haben sich in Berlin eingemietet. Sie führen Kneipen und Friseursalons, arbeiten als Steinmetze oder Trainer beim Behindertensportverein gleich um die Ecke und wollen in diesen trüben Zeiten eigentlich nur eins: ihre Ruhe!

Doch dann erschüttert eine Mordserie das Viertel, so unerklärlich und bestialisch, dass manche schon das Ende der Welt heraufdämmern sehen – und tatsächlich haben Hel und ihre Kollegen bald alle Hände voll zu tun, genau das zu verhindern ...

«Ein in mehr als einer
Hinsicht göttliches Buch!»

«Zwischen kluger Comedy und
bissiger Satire – jeder Satz eine
brilliante Pointe.»

«Charmant und hinreißend.
Beste Unterhaltung auf höchtem Niveau!»

ANTIHELD
STIFF CHAINEY

Ich bin ein B-Movie, genau genommen bin ich der Trailer eines B-Movies. Schlecht produziert, mit brüchigem Plot und stumpfen Dialogen. Ich bin ein Mindfuck, den niemand versteht. Ich bin hier, weil jemand mein Script versaut hat. Jetzt spiele ich den Scriptdoctor.
Andor, Nimkin und Finn sind drei Jugendliche, deren eigene innere Leere ein Abgrund ist, der sich mit dem wenigen Leben allein nicht füllen lässt. Sie zocken Egoshooter, verprügeln Passanten in U-Bahnen und vertreten gelangweilt Nazi-Ideologien. Am Ende stellt sich schließlich jeder auf seine Weise die Frage: Wer ist der wahre Antiheld?

Stiff Chaineys Protagonisten entscheiden sich bewusst für das Unglück und gegen ein Leben voller Träume und Illusionen in einer Gesellschaft, die sich selbst aufgegeben hat. Antiheld ist eine perfide Collage dreier ineinander verwobener Schicksale, die kaum intelligenter, aber auch kaum böser und tabuloser sein könnte, außerdem gewährt sie einen (fiktiven) Blick in die Personen, die uns auf der Strasse Angst machen.

«Das ist große, existenziell wichtige Literatur, wie sie unsere Gesellschaft braucht, um zu verstehen, dass wir unsere Monster immer nur selbst erschaffen.» *Virus*∗

Im tiefsten Herzen ist Stiff Chainey ein ambivalenter Anarchist, der unpopulären Meinungen und Ansichten eine Stimme gibt. Er ist heimatlos, weder links noch rechts, keiner Szene zugehörig, mit einem eigensinnigen, aus diversen Subkulturen inspirierten Stil.

Die transgressive Natur seiner Werke polarisiert, doch niemand hat je behauptet, Stiff Chainey schreibe für den Mainstream.

ANTIHELD
STIFF CHAINEY

exklusives HARDCOVER
12 x 18 cm, 256 Seiten
ISBN: 978-3-939239-27-7
13,95 Euro [D + A]

DIE RADIOAKTIVE MARMELADE MEINER GROSSMUTTER | RAMONA AMBS

Romy wächst nach dem Tod ihrer Mutter bei ihren vom Holocaust traumatisierten jüdischen Großeltern auf. Gefangen in diesem Käfig aus Erinnerungen, die nicht ihre eigenen sind, sucht sie nach einem Ausweg.

Sie schnüffelt an den Lacken im Keller, probiert die Tabletten der Großmutter und schließlich auch den Stoff, der bereits ihrer Mutter den Tod brachte: Heroin.

Romy landet schließlich auf der Straße. Sie lässt sich treiben, verdingt sich eine Weile in Istanbul, bevor sie sich verliebt und das Leben nicht mehr gelb, sondern golden strahlt. Aber auch das goldene Strahlen der Liebe kann die Schatten über Romys Leben nicht vertreiben ...

Ramona Ambs gelang das eindringliche Portrait eines jungen Mädchens – humorvoll, tragisch und einfach wunderschön zu lesen.

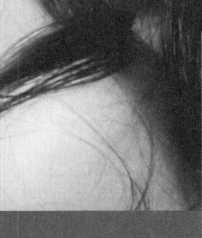

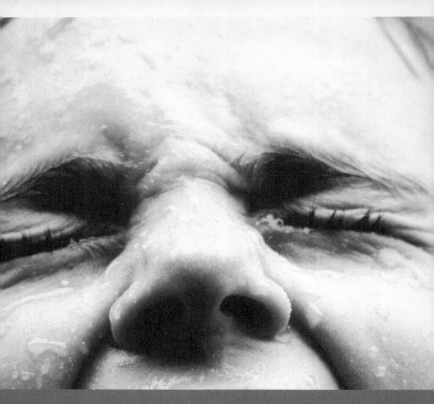

LIEBESGESCHWÜRE
INA BRINKMANN

Manchmal wäre es besser, wenn es keine Hoffnung mehr gäbe, dann könnte man einfach sterben und das Leid hätte ein Ende.

Wer gewonnen hat, ist mir egal! Davon verstehe ich sowieso nichts ... Aber ich entscheide mich jetzt!

Ein Junge, der eigentlich nie eine Chance hatte. Ein Junge, der allein durch den Glauben an seine geliebte Schwester sein Leben erträgt.
Diese Liebe frisst ihn am Ende auf wie ein Metastasen bildender Krebs.

Ina Brinkmanns zweiter Roman ist ein sprachlich sowie erzählerisch beeindruckendes Werk, in dem zwei Erzählstränge kunstvoll zu einer Geschichte verwoben sind. Da bringt die Autorin uns den menschlichen Abgründen der Liebe näher, einer Liebe die uns aber auch dazu antreiben kann, weiterzugehen.

«Schonungslos. Anspruchsvoll und nachvollziehbar.» *Allgemeine Zeitung Coesfeld**

«Ein Schlachtfeld zwischen Herz und Verstand.» *the-spine.de**

«Ein Pageturner, der kaum mehr aus der Hand zu legen ist!» *literatopia.de**

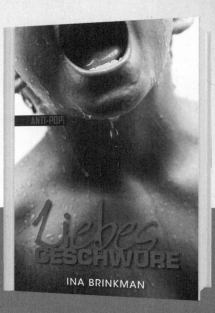

*Geboren am 28.05.1986 in Berlin.
Aufgrund einer schweren angeborenen
Sehbehinderung in den ersten Lebens-
jahren zahlreiche Krankenhausaufent-
halte. Dort verlernte die junge Autorin
sogar das Laufen.
Nach dem Tod des Vaters Umzug nach
Wilhelmshaven und die Schule beendet, danach Praktika, u.a. bei
einem Bestatter im Bereich Trauerbegleitung, einer Buchhandlung
und beim Radio.
2011 Erfolgreiche Ausbildung zur Psychologischen Beraterin HP.
Im gleichen Jahr erschien ihr vielbeachtetes Debüt Herzmassaker.*

LIEBESGESCHWÜRE
INA BRINKMANN

exklusives HARDCOVER
12 x 18 cm, ca. 288 Seiten
ISBN: 978-3-939239-38-3
13,95 Euro [D + A]

**Um diese und um viele
andere Fragen kümmert
sich der Autor im Buch:**

- Warum ist Gott kein Hippie?

- Dürfen evangelikale Christen
  Blitzableiter verwenden?

- Was hat es mit der Zahl des Anti-
  christen auf sich?

- Warum musste ausgerechnet
  Charlton Heston die 10 Gebote
  entgegennehmen?

- Wohnt der Papst tatsächlich
  im Vakuum?

- Welchen Einfluss hat der Fleisch-
  verzehr an einem Freitag auf die
  Besetzungspolitik der Hölle?

- Wie fest darf man beim
  Steinigen werfen?

SO KOMME ICH IN DIE HÖLLE
JÖRG SCHNEIDER

Der Weg in die Hölle ist leichter als man gemeinhin
denkt. Ein kleiner Fehltritt im Leben und schon
wartet die ewige Verdammnis. Zumindest droht
uns so die Kirche. Jörg Schneider hat sich auf den
Weg gemacht und noch nie gestellte Fragen ein für
alle Mal beantwortet.

Dieses Buch klärt endlich die nebulösen Sachver-
halte und zeigt Ihnen den mehrspurig ausgebauten
Weg in das doppelt unterkellerte Glaubensgemäuer
der kirchlichen Wahnvorstellung Hölle.
Aber Vorsicht, es besteht Einsturzgefahr.

Jörg Schneider

So komme ich in die
Hölle

Ein Streifzug durch
den Irrsinn der Religion

SO KOMME ICH IN DIE HÖLLE
JÖRG SCHNEIDER

Taschenbuch
12 x 18 cm, 224 Seiten
ISBN: 978-3-939239-32-1
9,95 Euro (D + A)

AUTOR
*Jörg Schneider, 1967 geboren, schrieb unter anderem
für die Frankfurter Rundschau, taz, Titanic, Eulen-
spiegel und lieferte Gags für die Harald Schmidt
Show zu ihren erfolgreichsten Zeiten.
Der Autor, Puppenspieler, Rockstar a.D. ist unbekannt durch Funk und Fernsehen.*

LATEX LOLITA DOMINA – DAS LEBEN DER PRINCESS FATALE – WILLIAM PRIDES

Das Leben der Princess Fatale ist zu spannend, um es allein durch Texte wiederzugeben. Ihre interessante Biografie, die sie schließlich zur Teenager-Domina mit Latexfetisch heranreifen lässt, ist hier als locker geschriebene und bebilderte Story zusammengefasst. Diese Lolita tritt auf den ersten Blick naiv und unbedarft auf, hat es aber faustdick hinter den Ohren und weiß ihren Willen mit Macht durchzusetzen. Ihr bizarres Alltagsleben passt in keines der gängigen Klischees. Diese Prinzessin macht keine Gefangenen ... oder vielleicht doch?

William Prides spürte dem Fetisch-Star des Internets nach und verfasste diese frivol-sexy Biografie, die mit zahlreichen Bilder illustriert ist.

HERZMASSAKER
INA BRINKMANN

Gelangweilt warf ich das sterbende Ding in die Büsche, lehnte mich zurück und wartete – auf den Regen, der nicht kam.
Patrick Fechner bekommt Hausverbot im städtischen Schwimmbad und will dafür Rache nehmen. Ob Rasierklingen in Wasserrutschbahnen versteckt wirklich das ultimative Blutband anrichten würden?
Aber die Welt ist für die Lebenden gedacht. Tote tun nichts. Das ist ein Problem. Denn wer sich nicht bewegt, über den gibt es nichts zu sagen.
Patrick ist clever, gerissen und scheut auch vor großen Aufgaben nicht zurück. Zum Beispiel wenn es darum geht, es dem Mädchen heimzuzahlen, das eigentlich ihm gehört ...
In mir ist alles ruhig. Das Wunderland schweigt.
Ich freue mich auf das Fegefeuer

HERZMASSAKER
INA BRINKMANN

Taschenbuch
12 x 18 cm, 240 Seiten
ISBN: 978-3-939239-10-9
9,95 Euro [D + A]